FORMATION
AGENT SECRET

GALLAGHER
ACADEMY

ALLY CARTER

FORMATION AGENT SECRET

GALLAGHER ACADEMY

TOME 2

Espionne-moi si tu peux

Traduit de l'anglais (États-Unis)
par Pia Boisbourdain

hachette

Photo de couverture : © 2007 by Ali Smith – Conception : Marie Drion

Traduit de l'anglais (États-Unis) par Pia Boisbourdain

L'édition originale de cet ouvrage a paru en langue anglaise
chez Hyperion Teens, an imprint of Hyperion Books for Children
(New York), sous le titre :
Cross My Heart and Hope to Spy

Hachette Livre, 43 quai de Grenelle, 75015 Paris.

À Faith et à Lily,
la prochaine génération de Gallagher

CHAPITRE 1

— Reste toi-même, m'a conseillé ma mère.

Facile à dire ! Surtout quand vous avez seize ans et que vous ne savez pas quelle langue on vous demandera de parler au déjeuner. Ou quel nom vous utiliserez comme couverture lors de votre prochaine mission. Et encore moins quand votre surnom est le Caméléon et que vous fréquentez une école pour espionnes !

Mais bon, si vous lisez ce rapport, c'est sans doute que vous avez une autorisation de niveau 4. Vous savez donc que la Gallagher Academy pour Jeunes Filles Exceptionnelles n'est pas une école privée pour snobinardes, même si notre super-manoir et notre parc immense peuvent le laisser penser.

On était au mois de janvier, et ma mère, qui est pourtant la directrice de notre école, semblait avoir oublié un gros détail. Quand on vous a appris pendant toute votre scolarité à changer d'apparence avec un coupe-ongles et du cirage à chaussures, rien n'est plus difficile que d'être soi-même. D'ailleurs, les autres élèves de la Gallagher Academy et moi, on a tout un tas de fausses cartes d'identité pour le prouver !

Ma mère a mis son bras autour de mes épaules.

— Ne t'inquiète pas, tout va bien se passer, ma chérie, a-t-elle murmuré en m'entraînant à travers la foule.

Les caméras du centre commercial du Pentagone filmaient le moindre de nos gestes.

— Ça fait partie du protocole, a continué ma mère. C'est tout à fait normal.

Le problème, c'est que je ne suis pas sûre que le mot « normal » appartienne à mon univers, ni qu'il s'applique à mon cas. Pas à une fille qui, à quatre ans, a déchiffré par hasard les codes Saphir de la NSA que son père avait rapportés d'une mission à Singapour.

Et puis, quand les adolescentes « normales » vont se balader au centre commercial pendant les fêtes de fin d'année, c'est en général pour dépenser leur argent. Les adolescentes « normales » ne sont pas convoquées à Washington le dernier jour des vacances de Noël. Et elles ne sentent pas leur cœur s'emballer quand leur mère prend un jean sur une étagère et demande à la vendeuse de façon apparemment anodine :

— Excusez-moi, ma fille voudrait essayer ça.

Je peux vous dire que j'avais l'impression d'être tout sauf « normale » lorsque celle-ci m'a scrutée avec attention avant de lancer :

— Avez-vous vu le modèle italien ? Il est très bien coupé.

Ma mère a caressé le tissu.

— Oui, j'en ai eu un comme ça, mais il n'a pas tenu au lavage.

La jeune femme, l'ombre d'un sourire aux lèvres, a indiqué du doigt un couloir étroit.

— Je crois que la cabine d'essayage numéro *sept* est libre.

Elle s'est éloignée d'un pas ou deux, puis s'est retournée vers moi et a murmuré :

— Bonne chance.

J'allais en avoir besoin !

Ma mère a fermé la porte derrière nous. Quand nos yeux se sont croisés dans la glace, elle a dit :

— Prête ?

— Oui, ai-je menti, comme toute élève Gallagher sait si bien le faire.

On a appliqué nos paumes contre le miroir, qui est devenu tiède à leur contact.

— Je suis sûre que tu t'en sortiras à merveille, a-t-elle affirmé.

Tout à coup, le sol a commencé à trembler.

Le plancher s'est dérobé sous nos pieds, des lumières aveuglantes clignotaient de tous côtés. Je me suis agrippée au bras de ma mère.

— C'est juste un scanner corporel, a-t-elle expliqué d'un ton rassurant tandis que l'ascenseur plongeait dans les entrailles de la ville.

Un courant d'air chaud m'a balayé le visage comme le souffle d'un énorme sèche-cheveux.

— Des détecteurs de danger biologique, a-t-elle indiqué.

Une minute, deux minutes se sont écoulées…

— On est presque arrivées.

Un rayon laser a pénétré dans nos rétines, puis un voyant lumineux orange a clignoté, et la cabine s'est arrêtée. Enfin, la porte s'est ouverte.

Je suis restée bouche bée. Des carreaux noirs et blancs en granite couvraient le sol de l'immense salle. On se serait cru sur un échiquier géant. Des escaliers en spirale, à l'une et l'autre des extrémités, s'élevaient jusqu'à un étage situé quinze mètres plus haut. L'emblème argenté de la CIA et sa devise – que je connais par cœur – se détachaient dessus : « Vous connaîtrez la vérité, et la vérité vous rendra libre. »

À côté de l'ascenseur dont on venait d'émerger, une dizaine d'autres s'alignaient. Au-dessus du nôtre, des lettres en acier indiquaient : *Boutique de prêt-à-porter pour femmes, centre commercial.* À droite, on pouvait lire : *Toilettes des hommes, station de métro Rosslyn.*

Un écran surplombant notre cabine annonçait nos identités : *Rachel Morgan, département du Développement opérationnel.* Puis : *Cameron Morgan, visiteuse.*

Un *ding !* sonore a retenti, et les mots *David Duncan, service des Identifications* se sont inscrits en dessous de *Confessionnal de Saint-Sébastien* pendant qu'un homme surgissait à quelques mètres de nous. C'est là que j'ai réalisé quelle veine j'avais. Malgré les quatre années et demie passées à la Gallagher Academy, rien d'aussi excitant ne m'était jamais arrivé. Dire que j'étais admise dans un endroit trois fois mieux sécurisé que la Maison Blanche ! J'étais tellement bluffée que j'en ai oublié un moment pourquoi on était là.

— Viens, ma chérie, a lancé ma mère en m'entraînant dans la salle où des gens grimpaient les escaliers.

La plupart bavardaient en buvant leur café, un journal à la main. Jusque-là, rien de très extraordinaire. Mais, quand ma mère s'est approchée d'un vigile auquel il manquait une oreille et la moitié du nez, je me suis rappelé que le mot « ordinaire » a rarement sa place chez les espions…

— Bonjour, a lancé l'homme. Veuillez placer vos mains ici, s'il vous plaît.

On a posé nos paumes sur le comptoir qu'il indiquait, et j'ai senti une chaleur les envahir pendant que le scanner enregistrait nos empreintes. Puis une imprimante a craché deux badges que le vigile a récupérés.

— Rachel Morgan, soyez la bienvenue, a-t-il commencé, le regard fixé sur ma mère. Et ce doit être…

Il a baissé les paupières pour lire l'autre inscription.

— C'est ma fille Cameron.

— Bien sûr ! Elle vous ressemble beaucoup.

Apparemment, le terrible accident dont son nez avait été victime avait aussi impacté sa vue, parce que je suis loin d'être aussi belle que ma mère…

— Mettez ça, jeune fille, a-t-il suggéré en me tendant le badge. Surtout, ne le perdez pas. Il y a une puce GPS dedans, ainsi qu'un demi-milligramme de C-4. Comme vous le savez, c'est un dangereux explosif. Si vous essayez de l'enlever ou que vous pénétrez dans un endroit interdit, il explosera. (Il m'a regardée droit dans les yeux.) Et vous mourrez.

J'ai dégluti. Maintenant, je comprenais mieux pourquoi mes parents ne m'avaient jamais emmenée sur leur lieu de travail !

J'ai saisi l'objet avec précaution.

— OK, ai-je murmuré.

Tout à coup, le vigile a éclaté de rire, et, malgré mes années d'entraînement, je n'ai pas pu m'empêcher de sursauter.

Puis il s'est penché vers ma mère :

— Dites-moi, Rachel, vos pensionnaires sont de plus en plus naïves, on dirait. Ce n'était pas comme ça de mon temps. (Il m'a adressé un clin d'œil.) Humour d'espion…

Je ne voyais pas ce qu'il y avait de drôle là-dedans, mais ma mère a souri avant de me reprendre par le bras.

— Viens, ma chérie, tu vas être en retard.

On est passées devant le bureau de la Guérilla, puis devant le département des Couvertures, où deux femmes ont fait un petit signe de la main à ma mère, qui n'a pas pris le temps de ralentir pour autant.

Au bout d'un moment, le couloir s'est séparé en deux. À gauche, le département des Sabotages et des Explosions apparemment accidentelles ; à droite, le bureau du Développement opérationnel et de l'Intelligence humaine. Malgré le panneau « Combinaisons ignifugées obligatoires au-delà de cette limite », j'aurais vraiment préféré aller dans cette direction. Ou faire carrément demi-tour.

Parce que, même si, d'accord, la vérité peut vous rendre libre, elle est parfois difficile à avouer…

— Je m'appelle Cammie.

— Quelle est votre identité *complète* ? a demandé l'homme installé devant son détecteur de mensonges.

À quoi ça servait que je porte ce badge, s'il n'était pas fichu de lire ce qu'il y avait dessus ?

J'ai pris une grande inspiration en pensant aux conseils avisés de ma mère :

— Cameron Ann Morgan.

La pièce était nue et vide, à part une table en acier, deux chaises et un grand miroir qui courait le long du mur comme dans les commissariats. Les débriefings sont monnaie courante après les opérations secrètes, et je n'étais sûrement pas la première élève de l'Academy à m'asseoir dans cette salle. Pourtant, je ne pouvais m'empêcher de me tortiller sur mon siège. Pour quelle raison ? Je l'ignorais. Le froid du métal ?

La nervosité ? Ou bien ma culotte qui me rentrait dans les fesses ? Mais l'homme en face de moi était bien trop occupé à tourner les boutons de sa machine pour se soucier de mon agitation.

— Vous savez, on ne nous a pas encore appris à répondre à un interrogatoire, à la Gallagher Academy, ai-je tenu à expliquer.

Mon interlocuteur s'est contenté de murmurer un vague « mmm ».

— Et puis, je ne suis qu'en seconde, alors les résultats qui sortiront de votre machine vont peut-être vous paraître bizarres...

— C'est bon à savoir, a-t-il grommelé, la tête toujours baissée sur ses écrans.

— Je sais que ça fait partie de la procédure, donc... posez-moi vos questions, ai-je continué sans pouvoir m'arrêter. Allez-y, vous...

— Êtes-vous pensionnaire de la Gallagher Academy pour Jeunes Filles Exceptionnelles ?

Est-ce qu'il y avait un piège là-dedans ?

— Euh... oui ?

— Avez-vous suivi des cours d'opérations secrètes ?

Ma confiance en moi est revenue comme par miracle, et j'ai répondu plus fermement :

— Oui.

— Avez-vous participé à une mission à Roseville, dans l'État de Virginie ?

Je n'avais aucun mal à me souvenir d'une certaine soirée de septembre. Je sentais l'air frais et humide de cette nuit-là me caresser le visage comme si j'y étais. Et même encore l'odeur des hot-dogs.

— Oui.

Pendant ce temps, le type prenait des notes tout en vérifiant ses écrans.

— C'est à ce moment que vous avez remarqué le Sujet ?

Évidemment, pour l'homme en face de moi, il n'était pas question de Josh, mais du Sujet, *une personne d'intérêt*. Voilà ce qui se passe quand on est une apprentie espionne : votre petit ami n'est jamais appelé par son nom.

J'ai essayé d'affermir ma voix, qui commençait à trembler, lorsque j'ai répliqué :

— Oui.

— Avez-vous utilisé vos connaissances en matière d'espionnage pour entamer une relation avec lui ?

— Euh… dit comme ça…

— Répondez par oui ou par non !

— Oui !

Bon, OK, c'était vrai. Mais ce n'est quand même pas si grave ! J'avais juste fouillé dans ses poubelles. Pas besoin de mandat de perquisition pour ça, étant donné que je les avais ramassées sur le trottoir.

Je savais pourtant que le bureau du Développement opérationnel et de l'Intelligence humaine se fichait pas mal de cette histoire. Ce qui les intéressait, c'était ce qui s'était passé après. Du coup, je n'ai pas été surprise d'entendre mon interlocuteur me demander :

— Le Sujet vous a-t-il suivie pendant votre examen pratique d'opérations secrètes ?

Difficile de nier que Josh, aux commandes d'un chariot élévateur, avait défoncé le mur d'un entrepôt abandonné pour me « sauver »… J'ai donc répondu en déglutissant :

— Oui.

— Le Sujet a-t-il bu un thé lui ayant fait oublier les événements ?

Effectivement, ma mère avait offert à Josh un breuvage censé effacer ses souvenirs. Mais j'avais toujours du mal à croire que mon ex-petit ami ne gardait aucun souvenir de cette nuit-là.

— Oui, ai-je murmuré.

Le type a de nouveau griffonné quelque chose sur son calepin et tourné quelques boutons sur sa machine.

— Entretenez-vous toujours des relations, de quelque nature que ce soit, avec le Sujet ?

— Non, ai-je lâché.

C'était la pure vérité. Je n'avais pas revu Josh, je ne lui avais pas parlé, et je n'avais même pas piraté sa boîte mail pour lire ses messages pendant les vacances.

L'homme a enfin détourné son regard de sa machine pour le planter dans le mien.

— Avez-vous l'intention de reprendre contact avec le Sujet, et ce malgré les règles strictes qui interdisent ce genre de chose ?

Bonne question ! C'était celle que je me posais depuis des semaines. Est-ce que j'étais prête à tout risquer une nouvelle fois pour un garçon ? Y compris une amitié sacrée ?

— Mademoiselle Morgan, a insisté le type avec impatience, avez-vous l'intention de reprendre contact avec le Sujet ?

— Non, ai-je soufflé.

Puis j'ai fixé un des écrans pour essayer de savoir si j'avais menti.

CHAPITRE 2

Si la CIA vous a déjà passé au détecteur de mensonges, vous devez comprendre ce que je ressentais deux heures plus tard, à l'arrière de la limousine. Des kilomètres de banlieue ont défilé par la vitre, puis les congères noires de crasse ont cédé la place à d'épaisses couches de neige immaculée. Le monde semblait propre et neuf. Prêt pour un nouveau départ. Comme moi. Parce que j'en avais fini avec les mensonges !

J'allais être… moi.

J'ai regardé ma mère en me jurant une chose : c'était la dernière fois que je laissais un garçon se mettre entre mes proches et moi !

Elle n'avait pas dit un mot depuis qu'on avait quitté Washington.

— Alors, comment tu m'as trouvée ? ai-je demandé avec un peu d'appréhension.

— Tu as été parfaite, ma chérie.

Je ne voudrais pas paraître orgueilleuse, mais ça, je le savais déjà. Parce que A) j'ai toujours réussi mes examens et B) les gens qui échouent au détecteur de mensonges ne se font pas raccompagner à leur lycée.

Tout à coup, je me suis souvenue du grand miroir sur le mur de la pièce.

— Tu m'as vue, pas vrai ?

Je m'attendais à ce qu'elle me réponde un truc du genre : « Tu as bien mérité quelques points d'avance sur ta moyenne. » Mais elle a juste posé sa main sur la mienne.

— Malheureusement non, Cammie. J'avais des choses à faire.

Des choses à faire ? Ma mère avait manqué mon premier interrogatoire officiel pour... *des choses* ?

Comment pouvait-elle avoir raté un événement aussi important ? Pourtant, je savais que je ne devais pas le prendre pour moi. Les choses dont ma mère parlait avaient sans doute à voir avec la sécurité nationale, de faux passeports ou des armes nucléaires.

— OK, OK, ai-je fini par lâcher, un peu vexée malgré moi.

On est restées silencieuses jusqu'à ce qu'on arrive en vue des grands murs de pierre de la Gallagher Academy. La limousine s'est arrêtée derrière la longue file de voitures de luxe qui ramenaient les pensionnaires à chaque fin de vacances.

Ça faisait plus d'un siècle que Gillian Gallagher avait transformé son manoir en pensionnat pour Jeunes Filles Exceptionnelles, et personne à Roseville ne se doutait à quel point on l'était.

Même pas mon ex-petit ami.

Je n'avais pas encore posé le pied par terre qu'une voix a crié :

— Alors, raconte !

La lumière qui se réfléchissait sur la neige m'aveuglait, et j'ai mis quelques secondes à distinguer le visage de mon amie. Les yeux couleur caramel de Bex ont rencontré les miens. Avec son teint hâlé, elle ressemblait vraiment à une déesse égyptienne.

Elle s'est écartée un peu pour me laisser sortir, sans pour autant cesser de parler. Ce n'est pas vraiment son genre de faire des pauses. Son truc, c'est plutôt l'avance rapide et, de temps en temps, le rembobinage.

— Est-ce qu'ils t'ont grillée ? (Ses pupilles se sont dilatées.) Ils t'ont *torturée* ?

Avant que j'aie pu répondre que non, évidemment, ils ne m'avaient pas torturée, elle a ajouté :

— Je parie que c'était génial !

La plupart des petites Anglaises rêvent d'épouser un prince. Bex, elle, a grandi avec l'idée qu'un jour elle virerait James Bond à coups de pied aux fesses pour lui piquer sa place d'agent 007…

Ma mère a émergé à son tour de la voiture.

— Bonjour, Rebecca. Le retour de l'aéroport s'est bien passé ?

— Oui, madame. (Elle a pris une de mes valises dans le coffre.) Merci encore de m'avoir emmenée dans le Nebraska avec vous pour les vacances !

Le changement dans sa voix était quasi imperceptible, mais je devinais, moi, ce qu'elle ressentait. C'est dur de ne pas savoir dans quel coin du monde se trouvent vos parents, ni à quel moment vous allez les revoir. Si vous les revoyez un jour… Moi, j'avais la chance d'avoir passé Noël avec ma mère. Bex, elle, avait reçu un message codé expliquant que ses parents représentaient le M16 pour un projet commun avec la CIA, et qu'ils ne pourraient pas être présents pour les fêtes.

— Vous serez toujours la bienvenue chez nous, Rebecca, a répliqué ma mère.

Bex ne voyait peut-être pas souvent ses parents, mais au moins elle les avait tous les deux, alors que moi, je n'avais plus mon père. Bref, on était toutes les deux à plaindre, en quelque sorte.

On a regardé ma mère s'éloigner en silence. Bex aurait pu me parler de ses parents. Et moi j'aurais pu évoquer mon père. Mais, au lieu de ça, je lui ai expliqué :

— J'ai croisé la femme qui a placé des micros à l'ambassade de Berlin en 1962.

Ça a suffi pour lui rendre le sourire.

Une fois dans le manoir, on a dû se frayer un chemin à travers le Grand Hall et l'escalier bondés. Mais on n'a pas eu le temps d'atteindre notre chambre.

— Mesdemoiselles ! a crié Patricia Buckingham.

On était arrivées devant la porte qui mène à l'aile est du manoir. J'ai essayé de tourner la poignée. Impossible.

— Mais… c'est coincé !

— Ce n'est pas coincé, a rétorqué Mme Buckingham. C'est fermé.

Elle avait dit ça comme s'il n'y avait rien de plus normal. Alors que, de toute évidence, ça ne l'était pas. Même si la plupart des accès sont protégés par des codes ou des scanners optiques, les portes ne sont jamais juste… fermées. Ce qui, en plus, ne servirait pas à grand-chose, vu qu'un rayon entier de la bibliothèque est consacré à un genre de livres très particuliers. Ceux qui expliquent les mille et une façons d'ouvrir une porte verrouillée.

— La sécurité a consacré toutes les vacances à tenter de réparer… comment dire… des failles dans le système. (Mme Buckingham m'a jeté un coup d'œil par-dessus ses lunettes, et j'ai baissé la tête d'un air contrit.) On a découvert que l'aile est a été contaminée par les fumées du laboratoire de chimie. Par conséquent, ce couloir est condamné jusqu'à nouvel ordre. Vous allez devoir emprunter un autre itinéraire pour accéder à vos chambres.

Depuis le temps que j'explorais chaque mètre carré du manoir, je savais mieux que personne qu'il y avait d'autres moyens de regagner notre lieu de résidence… même si certains exigent des chaussures solides, un tournevis et une bonne corde de rappel.

Mais, avant que j'aie pu ouvrir la bouche, Mme Buckingham a ajouté :

— Oh ! et Cammie, ma chère, s'il vous plaît, faites en sorte que ce chemin ne vous demande pas un tas d'acrobaties.

Ce nouveau départ s'annonçait plus compliqué que prévu, finalement !

Bex et moi, on s'est dirigées vers un autre escalier, où Courtney Bauer déambulait dans ses nouvelles bottes.

Enfin, on est arrivées dans notre chambre. J'allais jeter ma valise sur mon lit quand j'ai senti deux bras m'entourer.

— Oh, mon Dieu ! s'est exclamée Liz. J'étais tellement inquiète !

Mon bagage a atterri sur mon pied, mais je n'ai pas osé me plaindre, parce que Liz continuait à me serrer contre elle. Même si elle pèse autant qu'une plume, cette fille est d'une force incroyable, quand elle veut !

— Bex m'a raconté que t'as subi un interrogatoire ! Et que c'était top secret !

La plupart des trucs qu'on fait à la Gallagher Academy sont top secret. Pourtant Liz ne s'y est toujours pas habituée. Il faut dire que, contrairement à Bex, à moi et aux trois quarts des élèves, ses parents conduisent une Volvo, appartiennent au comité des parents d'élèves et n'ont jamais eu à tuer personne au seul moyen d'un exemplaire du magazine *People*.

— Liz, ai-je lancé en me libérant, c'était juste un débriefing. La routine, quoi.

— Alors… t'as pas eu de problèmes ? (Elle a saisi un énorme livre.) Parce que l'article 9 paragraphe 7 du *Guide du développement opérationnel* explique clairement que les agents en mission doivent être placés en…

— Liz, l'a coupée Bex, pitié, ne me dis pas que t'as passé toute la matinée à apprendre ce bouquin par cœur…

— Je l'ai pas appris par cœur. Je l'ai juste… heu… lu.

Mais, avec une mémoire comme la sienne, c'était du pareil au même.

Dans le couloir, Eva Alvarez racontait son nouvel an « incroyable » à Buenos Aires. Deux troisième sont passées devant notre porte en se demandant qui, de Buffy ou de Veronica Mars, ferait la meilleure élève Gallagher – un débat d'autant plus intéressant qu'il était en farsi…

Le soleil brillait dehors, un nouveau semestre s'annonçait et j'avais retrouvé mes deux meilleures amies. Tout semblait parfait.

Une demi-heure plus tard, vêtue de mon uniforme, je descendais les marches du grand escalier avec mes camarades au complet. Enfin, presque au complet.

— Où est Macey ?

— Oh, elle ne doit pas être loin. Je l'ai aperçue tout à l'heure.

Elle ne m'apprenait rien. Je savais qu'elle était rentrée. Difficile de ne pas remarquer son armoire pleine de vêtements à la dernière mode ou son stock de crèmes de soin affreusement chères.

La dernière fois que je l'avais vue, elle se préparait à passer trois semaines dans les Alpes suisses avec son père, sénateur, et sa mère, héritière d'une entreprise de cosmétiques.

Bex, comme moi, fouillait du regard la masse des sixième.

— Elle a dit qu'elle devait faire des recherches à la bibliothèque. Je pensais qu'elle nous retrouverait ici, mais…

— Vous n'avez qu'à aller manger, l'ai-je interrompue. Je vais la chercher.

J'ai quitté le hall, direction la bibliothèque, où j'ai trouvé Macey assise dans un des canapés en cuir installés devant un grand feu. Sa tête reposait sur le dernier numéro de *Chimie moléculaire*. Elle avait la joue pleine de surligneur rose.

— Macey, ai-je murmuré en la secouant.

— Hein ? Quoi… ? Cammie ?

Elle s'est relevée péniblement et a cligné des yeux avant de crier :

— Quelle heure il est ?

Elle a sauté sur ses pieds, et ses fiches de révision sont tombées par terre.

Je me suis baissée pour l'aider à les ramasser.

— Le dîner de bienvenue va bientôt commencer.

Ses cheveux noirs et brillants partaient dans tous les sens, et ses yeux bleus étaient encore ensommeillés.

— T'as passé de bonnes vacances ? ai-je demandé.

Elle m'a jeté un regard assassin. Le jour où le docteur Fibs, notre prof de sciences, arrivera à mettre au point un moyen de tuer quelqu'un d'un seul coup d'œil, j'aurai vraiment du souci à me faire…

— Oui. (Elle a rejeté une mèche de cheveux de son beau visage et saisi sa dernière fiche.) Jusqu'à ce que mes parents reçoivent mon bulletin.

— Mais t'as eu des super-notes !

— Quatre A et trois B.

— Ben oui, je sais !

C'était moi qui avais aidé Macey à rattraper son retard en macroéconomie, en régénération moléculaire et en swahili.

— Et, selon monsieur le sénateur, a-t-elle repris, je ne suis pas capable d'avoir quatre A et trois B. Ce qui signifie, pour lui, que j'ai triché.

— Mais… Mais… Personne n'a jamais triché à la Gallagher Academy !

C'est la pure vérité. Quand réussir les examens est une question de vie ou de mort, je peux vous assurer que personne n'a envie de copier sur sa voisine ou d'utiliser des antisèches. Évidemment, le sénateur McHenry n'en savait rien. D'ailleurs, il ne savait pas grand-chose. Alors, pas étonnant qu'il doute que sa fille, qui s'est fait virer de toutes les écoles privées de la côte Est, puisse récolter d'aussi bonnes notes.

Même si la bibliothèque était vide, je n'ai pas pu m'empêcher de baisser la voix.

— Macey, tu devrais en parler à ma mère. Elle pourrait appeler ton père et…

— Pas question ! De toute façon, j'ai déjà ma petite idée.

— Laquelle ?

— Bosser ! (Elle a haussé un de ses sourcils parfaitement épilés.) La prochaine fois, j'aurai que des A !

Elle a souri d'un air rusé, comme si, après toutes ces années, elle avait trouvé le moyen en or d'embêter ses parents.

Des voix ont retenti dans le couloir. Bizarre… Tout le monde était censé se trouver dans le Grand Hall. On s'est immobilisées.

Et là, derrière les portes de la bibliothèque, on a entendu ma mère affirmer :

— Non, Cammie ne sait rien.

Vous pensez bien qu'une apprentie espionne ne peut que tendre l'oreille en entendant une phrase de ce genre…

Macey, les yeux écarquillés, a murmuré :

— Qu'est-ce que t'es censée ne pas savoir ?

— Elle ne se doute de rien ? a demandé M. Solomon, mon prof d'opérations secrètes.

— De quoi tu ne te doutes pas ? a repris Macey.

— Non, elle subissait un interrogatoire à ce moment-là, a répliqué ma mère.

J'ai repensé au long trajet du retour en limousine et à l'air pensif de ma mère quand elle m'avait expliqué les raisons de son absence : elle n'avait pas pu y assister parce qu'elle avait *des choses* à faire.

— Il ne faut rien lui dire, Joe, a-t-elle continué. Ni à personne. On doit garder le secret.

— On ne peut même pas parler de Blackthorne ?

— Non. (Elle a soupiré.) Il faut que la situation reste normale le plus longtemps possible.

J'ai regardé Macey. Le mot « normal » venait de revêtir une nouvelle signification.

Après le départ de ma mère et de M. Solomon, on s'est glissées dans le couloir, Macey et moi, pour rejoindre le Grand Hall. Ma mère était déjà à sa place.

— Vous en avez mis du temps ! a soufflé Liz.

Mais j'étais incapable de répondre quoi que ce soit. C'est à peine si je l'ai entendue. D'ailleurs, je ne sais même pas comment j'ai fait pour arriver jusque-là, tellement j'étais sous le choc.

D'accord, toutes les mères ont leurs secrets – la mienne plus que les autres. Mais bon, je n'aurais jamais pensé qu'elle puisse un jour me cacher volontairement des informations.

Elle s'est avancée sur l'estrade pour faire face à la centaine d'élèves qui se préparaient à entamer un nouveau semestre.

— Bienvenue à toutes ! J'espère que vous avez passé de bonnes vacances.

— Cammie, a chuchoté Bex en nous regardant Macey et moi. Qu'est-ce qui vous est arrivé ?

Ma mère ne m'a pas laissé le temps de répondre.

— Pour commencer, j'ai une bonne nouvelle à vous annoncer. Le professeur Buckingham va vous enseigner une nouvelle matière, ce semestre : l'histoire de l'espionnage.

Notre professeur – la plus âgée de tous – nous a adressé un petit signe sous de maigres applaudissements.

— Et je dois aussi vous informer d'une chose. Comme certaines de vous l'ont sans doute remarqué, l'aile est est condamnée jusqu'à nouvel ordre en raison d'une contamination chimique provenant du laboratoire.

— Cammie… a repris Liz, ça ne va pas ? T'es toute blanche.

Effectivement, je ne me sentais pas très bien, tout à coup…

— Je vous souhaite un bon semestre, a conclu ma mère.

Après quelques secondes de silence, les conversations et les bruits de couverts ont repris. Les pensées tourbillonnaient dans ma tête aussi fort que la neige dehors. Je me suis concentrée tant bien que mal en fermant les yeux – jusqu'à ce que, soudain, tout devienne clair.

Un détail que je connaissais depuis des années m'était revenu en mémoire.

— Il n'y a pas de système de ventilation reliant le laboratoire à l'aile est.

CHAPITRE 3

Il y a au moins un avantage à vivre dans un manoir vieux de deux cents ans : pouvoir vous installer dans une dizaine d'endroits isolés pour partager des informations top secret avec vos amies.

L'inconvénient : l'absence de chauffage en plein hiver vous oblige à discuter en grelottant.

Deux heures après le dîner de bienvenue, Macey, adossée au mur de pierre d'une des tourelles du manoir, inscrivait ses initiales sur la vitre gelée de la fenêtre, tandis que Liz faisait les cent pas et que Bex frissonnait. Assise par terre, les bras entourant mes genoux, j'étais trop fatiguée pour essayer de chasser le froid qui m'avait envahie jusqu'aux os.

— Alors, a commencé Bex. C'est ce que ta mère et M. Solomon ont dit ? Mot pour mot ?

Macey et moi, on s'est regardées en essayant de nous rappeler la conversation qu'on avait entendue. On a toutes les deux acquiescé.

— C'est vraiment dingue ! a lancé Liz sans cesser d'aller et venir – une habitude chez elle, même quand elle ne grelotte pas. Cammie, t'es vraiment sûre que l'aile est ne peut pas avoir été contaminée par les fumées du laboratoire ?

— Évidemment qu'elle en est sûre, a rétorqué Bex avec un soupir.

— À cent pour cent ? a insisté Liz.

Cette fille ne peut pas s'empêcher de tout vérifier, preuves à l'appui. Ce n'est pas pour rien qu'elle a été le plus jeune auteur jamais publié dans une prestigieuse revue scientifique !

— Cammie, a repris Bex, combien de bouches d'aération il y a dans la cuisine ?

— Quatorze, sans compter celle du cellier.

— Tu vois, elle en est sûre à cent pour cent, a conclu Macey, apparemment convaincue.

— Pourquoi est-ce que ta mère et M. Solomon mentiraient ? a demandé Liz.

Bex, Macey et moi, on l'a dévisagée en silence. La réponse était évidente : parce que ce sont des espions.

Ça fait des années qu'on a compris ça, Bex et moi. Et Macey n'a pas mis longtemps non plus. Après tout, son père fait de la politique… Mais Liz a grandi dans une famille « normale ». Alors, elle continue de croire que les parents et les profs disent toujours la vérité, et que, du moment que vous avalez vos légumes et que vous vous brossez les dents, rien de mal ne peut vous arriver…

— Qu'est-ce que ça signifie, « Blackthorne » ? a voulu savoir Macey. Quelqu'un a une idée ?

Mes amies ont secoué la tête de droite à gauche avant de se tourner vers moi.

— Jamais entendu parler, ai-je avoué.

À ma connaissance, ce n'était ni le nom d'une opération secrète, ni celui d'une découverte scientifique. Ça pouvait donc être n'importe quoi. En tout cas, ça avait assez d'importance pour que ma mère manque mon premier interrogatoire. Et que notre prof d'opérations secrètes s'entretienne en privé avec la directrice. Qu'est-ce qu'on était censées faire ?

Je ne voyais que trois options : 1) Oublier toute cette histoire et aller nous coucher. 2) Jouer la carte de l'honnêteté et raconter à ma mère ce qu'on avait entendu. 3) Être fidèles à nous-mêmes – enfin, en ce qui me concerne, à la fille que j'étais censée ne plus être – et essayer d'éclaircir ce mystère par nos propres moyens.

— Le couloir condamné de l'aile est se trouve quasi en dessous de nous, ai-je expliqué. Il suffit d'accéder au monte-charge du quatrième étage, d'atteindre le conduit de chauffage de la salle de culture générale, et de le descendre en rappel sur environ quinze mètres.

Pourtant, je savais que ça ne pouvait pas être aussi simple.

— Bon, et alors ? a lancé Macey en se levant d'un bond. Qu'est-ce qu'on attend ?

— Une seconde, Macey ! (Mes amies ont toutes les trois tourné leur regard vers moi.) La sécurité a travaillé tout l'été pour interdire l'accès à ce couloir. Ils ont dû faire un tas de changements, et sans doute boucher tous les passages potentiels.

— Du coup, on pourrait avoir une grosse surprise, a remarqué Bex.

— Et en général il faut se méfier des surprises, ai-je conclu.

L'opération était risquée, d'autant plus qu'on n'avait ni le matériel nécessaire ni le temps de la préparer. Surtout, j'avais fait une promesse à ma mère : ne plus enfreindre les règles. Et j'espérais la tenir plus de vingt-quatre heures, quand même !

— Alors, qu'est-ce que vous proposez ? a demandé Liz.

Bex a souri.

— J'ai ma petite idée…

RAPPORT D'OPÉRATION SECRÈTE

Par Cameron Morgan, Rebecca Baxter, Elizabeth Sutton et Macey McHenry, ci-dessous dénommées « les Agents ».

Ayant appris que des membres du corps enseignant de la Gallagher Academy pour Jeunes Filles Exceptionnelles préparaient une opération suspecte, les Agents ont mené une enquête pour répondre aux problématiques suivantes :

1. Quelle information essaie-t-on de cacher aux Agents ?
2. Pourquoi les Agents ont-ils l'interdiction de pénétrer dans l'aile est ? (Un changement qui les oblige à rallonger de dix minutes leur itinéraire entre deux classes.)
3. Que désigne – ou qui désigne – Blackthorne ?
4. À quoi ressemble M. Solomon sans sa chemise ? (Quitte à surveiller quelqu'un, autant ne pas faire les choses à moitié…)

Quand je me suis levée le lendemain, j'aurais bien voulu ne pas penser à la soirée de la veille. Mais pas facile d'oublier une opération potentiellement dangereuse quand A) le sol crasseux de la tour a laissé une tache sur votre jupe préférée, B) votre mère vous lance au petit déjeuner « Bonjour, Cammie. Tu t'es bien amusée hier soir ? », genre je me la joue normale alors que j'ai des trucs à cacher, et C) vous devez effectuer des détours incroyables pour vous rendre quelque part.

Chaque fois que je passais devant la porte interdite, je n'avais qu'une envie : essayer de l'ouvrir. Pas moyen de songer à autre chose de toute la journée.

Même M. Smith, notre prof de géopolitique, et son bocal rempli de pièces de monnaie du monde entier n'ont pas pu me détourner de mes pensées.

Ni le cours de Mme Dabney sur l'art d'écrire un message de remerciements.

Ni même encore les deux heures de devoirs qui m'attendaient et la perspective d'une interrogation sur les plantes vénéneuses d'Asie du Sud. Tous nos profs sans exception agissaient comme s'ils ignoraient complètement ce qui se passait – à moins qu'ils n'aient juré d'emporter le secret dans leur tombe, ce qui ne m'aurait pas étonnée.

Après le cours de culture générale et de bienséance, Bex et moi, on s'est dirigées vers l'ascenseur situé près de l'escalier principal.

Je me suis retournée pour constater que Liz ne nous suivait pas.

— Euh, les filles, je vous laisse, j'ai chimie organique, nous a-t-elle rappelé.

Alors que, Bex et moi, on avait choisi de poursuivre les cours d'opérations secrètes, elle avait décidé de s'orienter vers un métier de laboratoire ou de bureau. Quant à moi, lorsque j'avais rempli le formulaire de M. Solomon, au semestre dernier, j'avais fait une croix définitive sur une vie à peu près normale. Et sur les garçons comme Josh, par la même occasion…

— Oh, OK, ai-je dit.

Devant le miroir dissimulant l'ascenseur qui nous conduirait au sous-sol numéro 1, je n'ai pas pu m'empêcher de penser à un truc. C'était la première fois depuis la sixième que Liz ne suivait pas le même cours que nous.

Bex devait songer à la même chose, parce qu'elle a demandé à Liz :

— T'es sûre que tu veux passer ta première et ta terminale à faire du décodage ? (Une étincelle est passée dans ses yeux.) Parce que, à ce qu'il paraît, M. Solomon nous a réservé des exercices sous l'eau. C'est la chance de ta vie de le voir torse nu…

Le scanner optique est entré dans nos rétines, et sur le portrait derrière nous, les yeux de Gillian Gallagher ont brillé d'une lueur verte. Le miroir a glissé de côté, révélant l'ascenseur. Liz a regardé les portes se refermer sur nous juste au moment où Bex criait :

— Mais M. Mosckowitz peut très bien être amené à enlever sa chemise un jour, lui aussi !

Liz a ri.

— Tu crois qu'elle va survivre sans nous ? a demandé Bex.

C'est là qu'on a entendu une armure tomber par terre avec fracas, puis l'exclamation préférée de notre amie : « Oups ! »

— OK, je connais déjà la réponse, a conclu Bex.

Le sous-sol numéro 1 est grand comme un terrain de foot. En plus de ça, il a une particularité étonnante. Il détonne vraiment par rapport au reste du manoir, tout en pierre et en bois, avec ses cloisons en verre trempé et son mobilier en acier.

Une fois dans notre classe, je me suis glissée sur ma chaise en essayant d'oublier Liz et la fameuse porte.

Tina Walters s'est penchée vers moi. Elle a souri avant de faire éclater sa bulle de chewing-gum.

— C'est vrai que les forces spéciales ont débarqué chez tes grands-parents pour t'y déloger le jour du réveillon ? a-t-elle demandé. J'ai entendu dire que t'avais résisté un bon moment avant qu'ils te mettent ta chaussette de Noël sur la tête et te roulent dans le sac à sapin…

La mère de Tina est journaliste dans un magazine de potins, ce qui pourrait expliquer l'intérêt de la fille pour les rumeurs en tout genre. Et dire qu'un jour viendra où la sécurité nationale reposera en partie sur ses épaules… Heureusement que ce n'est pas pour tout de suite !

— J'étais avec elle, est intervenue Bex. Tu crois vraiment qu'ils seraient venus à bout de nous deux ?

Tina a semblé convaincue. Avant qu'elle n'ait pu ouvrir de nouveau la bouche, une voix grave a lancé :

— Surveillance statique !

M. Solomon est entré dans la classe sans même un bonjour.

— C'est le b.a.-ba de notre discipline. Quelle en est la règle numéro 1 ?

Au lieu de voir la main de Liz fuser vers le plafond, comme j'en avais l'habitude depuis des années, j'ai entendu une tout autre voix répondre :

— La règle numéro 1 en matière de surveillance statique est d'utiliser les moyens les plus simples et les plus discrets.

J'ai d'abord cru que la pièce avait été remplie d'un gaz hallucinogène. La fille qui venait de parler avait la voix d'Anna Fetterman et ressemblait à Anna Fetterman. Mais Anna Fetterman ne pouvait pas être là, à ce cours !

Ne vous méprenez pas. J'adore Anna. Seulement, cette fille est capable de s'entailler le nez juste en ouvrant une boîte de Pringles.

M. Solomon, en revanche, n'avait pas l'air surpris. Il s'est contenté de dire, comme si tout était normal :

— Très bien, mademoiselle Fetterman.

Le problème, c'est que rien n'était normal, en ce moment. Anna s'était inscrite au cours d'opérations secrètes, ma mère me cachait quelque chose et on avait condamné une aile entière du manoir !

Mais Joe Solomon avait dix-huit ans d'expérience sur le terrain. Il savait dissimuler ses émotions derrière un masque impassible.

— Dans ce genre de mission, mesdemoiselles, a-t-il continué, il ne s'agit pas de savoir manipuler des gadgets, il s'agit d'utiliser ses cellules grises. Autrement dit, rien ne sert de truffer le salon de votre cible de caméras si celle-ci ne baisse jamais ses stores.

J'avais commencé à prendre des notes quand M. Solomon a fait glisser le calepin d'Eva Alvarez par terre en annonçant :

— Inutile d'écrire quoi que ce soit.

C'était une blague, ou quoi ? Heureusement que Liz n'était pas là, parce qu'elle aurait fait une syncope, elle qui ne peut pas s'empêcher d'écrire le moindre mot prononcé par nos profs !

M. Solomon s'est dirigé vers le tableau, où il a dessiné un schéma représentant les différentes phases de la surveillance statique. Anna serrait tellement fort son stylo entre ses doigts que j'ai cru qu'elle allait se claquer un muscle. Notre prof devait avoir des yeux derrière la tête, parce qu'il a lancé :

— J'ai dit : Pas de notes, mademoiselle Fetterman.

Elle a jeté son stylo devant elle comme si elle avait reçu une décharge électrique – ce qui n'aurait pas été impossible, vu que la Gallagher Academy est remplie d'objets capables de ce genre de choses.

— Dois-je vous rappeler que ce cours n'a plus rien d'obligatoire ? (Il a pivoté vers nous et nous a dévisagées de ses yeux verts.) Six de vos camarades ont choisi un avenir moins dangereux. Si vous n'êtes pas capables de retenir un cours de cinquante minutes, je vous encourage à aller les rejoindre. (Il a de nouveau fait face au tableau pour continuer à écrire.) Votre mémoire est votre meilleure arme. Apprenez à vous en servir.

Je me suis rendu compte à quel point c'était vrai. La mémoire est la seule arme qu'on puisse emporter partout. Seulement, la vie serait bien plus facile si on pouvait oublier certaines choses, parfois. Comme la conversation que j'avais entendue la veille… Le regard pensif de ma mère sur le trajet du retour… Et… Josh.

CHAPITRE 4

RAPPORT DE SURVEILLANCE

Grâce à l'utilisation de « moyens simples et discrets », les Agents ont pu établir les points suivants :

D'après les informations trouvées sur Internet, le terme « Blackthorne » ne sert pas de nom de code à une quelconque théorie du complot orchestrée par le gouvernement.

Il y a environ 1 947 personnes aux États-Unis portant ce patronyme, mais aucune d'elles, d'après le service des impôts, n'exerce d'activité suspecte, comme espion ou assassin, ni n'est récemment sortie de prison.

Il s'est avéré impossible de distinguer quoi que ce soit à travers la porte de l'aile est, malgré la rumeur qui circule selon laquelle les lunettes à rayons X du docteur Fibs ont dépassé la phase du prototype. (Ce qui explique pourquoi il porte un bandeau noir sur l'œil.)

L'avantage, quand on est dans une école pour espionnes, c'est qu'on a des amies géniales capables de mettre leurs incroyables facultés au service de n'importe quel projet. L'inconvénient, c'est qu'elles ne font jamais les choses à moitié.

— Ça doit être quelque part dans cette pièce ! a crié Liz en laissant tomber violemment sur la table de la bibliothèque les volumes 9 à 14 de *La Surveillance à travers les siècles.*

J'ai jeté des coups d'œil inquiets autour de moi. Heureusement, personne ne s'est plaint du bruit. Pauvre Liz ! Elle avait passé toutes ses heures libres enfermée dans cette salle, et elle commençait de toute évidence à détester les livres. Difficile à croire venant d'une fille qui avait dormi avec *L'Encodage, niveau avancé* pendant une semaine, avant notre examen de passage en quatrième !

Macey a abandonné l'exemplaire des *Chroniques de la guerre chimique*.

— On devrait peut-être penser à chercher ailleurs, a-t-elle suggéré.

J'ai cru que Liz allait piquer une crise. Mais elle n'en a pas eu le temps, parce que Macey a posé une question capitale :

— Je me demande pourquoi aucun de ces bouquins ne parle de Blackthorne…

Comment avait-on pu ne pas s'en rendre compte plus tôt ? On avait oublié l'une des règles les plus importantes de l'opération secrète : tout a un sens ! Le fait qu'on ne puisse pas mettre la main sur une information aussi significative était peut-être le plus significatif dans tout ça.

L'air à la fois effrayé et un peu groggy, Liz a contemplé les livres sur la table comme s'ils s'apprêtaient à exploser. Mais ça ne risquait pas d'arriver : ceux qui peuvent vous sauter au visage si vous n'avez pas l'autorisation de les consulter sont conservés au sous-sol numéro 3.

— Donc, l'info qu'on recherche doit être… a commencé Macey, les yeux posés sur moi.

— Top secret, ai-je achevé.

On s'est assises en silence près du feu qui crépitait dans la cheminée. Tout devenait clair. Si le dossier Blackthorne était classé top secret, on n'en saurait jamais plus.

— Mais j'y pense, Cammie, a commencé Bex avec un sourire inquiétant. Il y a un endroit qu'on n'a pas fouillé. Le bureau de la directrice. Et je ne connais qu'une seule personne qui puisse y accéder…

Je me suis levée d'un bond, avant d'empiler machinalement les livres.

— Pas question, Bex. Je ne peux pas faire ça.

— Pourquoi pas ?

— Parce que… c'est ma mère, évidemment ! Et puis c'est l'un des meilleurs agents secrets de la CIA… Mais surtout… c'est ma mère !

— Précisément. Et c'est pour ça qu'elle ne te soupçonnera jamais.

Bex, Liz et Macey me regardaient toutes les trois, les yeux brillants, comme si elles n'avaient jamais eu de meilleur plan. Apparemment, j'étais la seule à penser que c'était une très mauvaise idée.

— Bex ! C'est hors de question ! C'est…

La porte de la bibliothèque s'est soudain ouverte, et Macey a lancé :

— Oh, bonjour, madame Morgan !

Mon cœur s'est mis à battre à cent à l'heure. Ma mère a posé son regard sur *101 Couvertures classiques* avant de demander :

— Qu'est-ce que vous faites enfermées là par un si beau soleil ?

— On prépare un devoir facultatif pour M. Smith ! a-t-on répondu en chœur, comme convenu un peu plus tôt au cas où on nous poserait des questions.

Mon rythme cardiaque ne se calmait pas pour autant. J'ai essayé de me convaincre qu'on n'enfreignait aucune règle. On n'avait même pas vraiment menti. M. Smith nous avait bien donné ce devoir.

Et je n'avais pas failli à ma promesse. Du moins pas encore.

— Très bien, a dit ma mère avec un sourire. À ce soir, Cammie.

Je sentais les yeux de Bex fixés sur moi. Pas besoin de l'entendre me dire ce qu'elle pensait. Je le savais déjà. J'allais passer la soirée avec ma mère. Dans son bureau. Quelle espionne ne sauterait pas sur l'occasion ?

Et, en même temps, quelle sorte de fille serais-je si j'agissais de cette façon ?

LISTE DES CHOSES
DONT JE NE SUIS PAS SPÉCIALEMENT FIÈRE
PAR CAMERON MORGAN

* Un jour, après avoir renversé sans le faire exprès la bouteille de démêlant de Bex, je l'ai remplie avec un après-shampoing censé donner du volume. Résultat : ses cheveux sont restés gonflés pendant plusieurs semaines. Et je ne lui ai jamais rien dit.

* J'ai emprunté le caleçon long de Liz sans le lui demander, puis je l'ai remis dans son armoire. Il était tout détendu. Pareil avec son pull préféré.

* Quand je suis dans le Nebraska, je fais mine de ne pas pouvoir ouvrir les bocaux de cornichons pour que papy et mamie s'en chargent pour moi.

* Comme je l'ai expliqué dans ce rapport, j'ai entretenu une relation en secret avec un garçon super-mignon et adorable, à qui je n'ai raconté que des bobards.

* Le premier dimanche de la rentrée, après les vacances de Noël, j'ai aidé Liz à cacher un mini-appareil photo dans la montre que ma grand-mère m'a offerte pour mon anniversaire. Et je n'ai pas hésité à la porter le soir même, dans le bureau de ma mère, pour accomplir les pires méfaits de ma vie.

Quand vous êtes la fille de deux agents secrets, vous apprenez assez tôt qu'un espion marche sur une corde raide dès qu'il est question de morale. En gros, on fait des choses mauvaises pour de bonnes raisons, ce qui, en général, ne nous empêche pas de dormir.

Ce samedi soir-là, quand je me suis installée devant les cakes au crabe que ma mère venait de passer au micro-ondes, je n'avais pas vraiment la conscience tranquille. J'étais censée être une fille affamée retrouvant sa mère pour discuter. Mais, en réalité, j'avais une mission : inspecter le bureau de la directrice dans l'espoir qu'un rapport intitulé *L'Opération Blackthorne* ou *Ce que cache l'aile est* traîne quelque part.

Les dimanches soir en tête à tête avec ma mère sont un rituel entre nous depuis qu'on vit à la Gallagher Academy. Pourtant, c'était la première fois que j'avais mal au ventre *avant* d'avoir mangé. (Ma mère est une experte dans l'art de confectionner des antidotes avec le contenu d'un mini-bar. En revanche, elle ne sait toujours pas se servir d'un micro-ondes… et elle sait encore moins faire la cuisine.)

— Alors, c'est bon ? a-t-elle demandé en me voyant avaler une bouchée de cake.

Note à moi-même : me renseigner sur l'efficacité des cakes au crabe en tant qu'arme biologique.

— Trop bon ! ai-je menti.

Ma mère a souri… Pire, elle avait l'air aux anges ! Je n'avais plus qu'une envie. Glisser ma montre dans ma poche et essayer d'oublier la disposition exacte de tous les objets sur son bureau. (Je l'avais enregistrée pour les remettre à leur place au cas où j'aurais pu fouiller dans ses affaires.) J'aurais voulu endosser le rôle de fille, pas celui d'espionne. Et mon malaise ne s'est pas arrangé quand ma mère a jeté un œil à mon poignet en disant :

— Oh, mais c'est la montre de mamie !

J'ai caressé le verre du pouce, et l'objectif du mini-appareil photo a zoomé de façon imperceptible.

— Oui.

— Ça me fait plaisir que tu la portes, tu sais ! a-t-elle répliqué d'un ton joyeux.

Je savais bien que, derrière sa mine ravie, elle dissimulait des secrets. Tout comme moi, d'ailleurs.

Sans vraiment réfléchir, j'ai lancé :

— Tu n'aurais pas une pince à ongles ?

Ma mère m'a dévisagée un instant. Il fallait que j'aille jusqu'au bout, maintenant. Je lui ai montré ma main droite en prétextant :

— J'ai un ongle cassé. Ça m'énerve !

— Bien sûr, ma chérie. Dans le premier tiroir de mon bureau.

Ouf ! Je n'aurais pas à forcer la serrure ni à essayer de trafiquer son lecteur d'empreintes digitales. Et il n'y a rien de mal à rechercher un coupe-ongles dans les affaires de sa mère, non ?

Une reconnaissance du contenu d'un des tiroirs du bureau de la directrice a révélé la chose suivante :

La directrice possède dix bâtons de rouge à lèvres, dont trois seulement sont de vrais cosmétiques.

J'ai profité qu'elle aille dans la salle de bains attenante pour prendre en photo le contenu de sa corbeille à papiers.

La directrice a de toute évidence attrapé un rhume, étant donné que sa corbeille contient quatorze mouchoirs et une boîte vide de vitamine C.

Puis j'ai donné une chiquenaude dans une boîte de trombones en imitant Liz.

— Oups !

Et je me suis mise à quatre pattes pour les ramasser d'une main pendant que je farfouillais de l'autre dans les tiroirs du bas.

— Alors, tu as trouvé ? a demandé ma mère, à l'autre bout de la pièce.

J'ai attrapé la pince à ongles tout en fermant le dernier tiroir, avant d'agiter mes doigts aux ongles parfaitement coupés avec un sourire. Quelle fille horrible je suis, quand même !

Ma mère m'a rendu mon sourire, et j'ai remis l'objet à sa place. Puis j'ai examiné le bureau. N'importe quel expert aurait juré que rien n'y avait été déplacé. J'ai posé mes paumes contre le tiroir du milieu pour le tirer tout doucement vers moi. Ensuite, j'en ai tâté du bout des doigts le fond en bois, à l'extérieur. Un papier fin et écorné y était coincé.

— Tu sais, ma chérie, ce semestre va te paraître très différent. Ce sera peut-être un peu difficile de t'habituer à ces changements.

Pendant que ma mère remuait le contenu d'une mijoteuse, j'ai fait glisser délicatement le papier vers moi.

— Remarque, le semestre dernier n'a pas dû être facile non plus. Tous ces rapports et ces débriefings… J'imagine que ça n'a pas été de tout repos pour toi.

Ce n'était sans doute pas un indice très important. Pour un espion, le dessous d'un tiroir n'est pas le meilleur endroit où cacher un document top secret. Mais une femme, par contre, peut y dissimuler quelque chose de personnel qu'elle veut garder sous la main.

— Et je tenais à te dire, a continué ma mère, que je suis très fière de toi.

Alors là, c'était le comble ! Il fallait qu'elle m'avoue ça juste au moment où je violais son intimité sous son nez ! J'avais vraiment honte…

Le papier a finalement atterri pile sur mes genoux. À partir de là, je n'ai plus rien écouté de ce que racontait ma mère.

C'était une photo de papa que je ne connaissais pas. Il était plus vieux que sur celles que mamie m'avait données, et plus jeune que sur celles que ma mère m'avait montrées. Surtout, il n'était pas seul.

Le bras de M. Solomon était passé autour de ses épaules. Ils se tenaient sur un terrain de base-ball. À les voir si jeunes et si pleins de santé, tous les deux, on aurait pu les croire immortels…

J'ai placé ma montre au-dessus du cliché pour en activer l'appareil photo.

— Cammie… a commencé ma mère en s'avançant vers moi.

— Je ne me sens pas très bien, ai-je prétexté tout à coup avant de remettre l'image à sa place.

Et je me suis dirigée vers la porte.

— On peut remettre notre dîner à plus tard ?

Maman est venue poser ses mains sur mon front.

— Tu as peut-être attrapé froid. Il y a un virus qui traîne en ce moment.

Ça, j'avais remarqué ! La preuve se trouvait dans sa corbeille.

— J'ai juste besoin de dormir. Il est tard.

Quand j'ai ouvert la porte, Bex était là. Dans la salle d'histoire.

Et elle portait Liz sur ses épaules.

CHAPITRE 5

Le plus souvent, à la Gallagher Academy, on ne voit pas le temps passer. Mais, parfois, on dirait qu'il va au ralenti. Comme à ce moment précis.

Les Agents ont placé un objet de surveillance mobile (l'appareil photo digital de Macey) dans la bibliothèque située en face du bureau de la directrice. Il est programmé pour prendre des clichés toutes les quatre-vingt-dix secondes.

Un peu plus loin dans le couloir, Macey était agenouillée devant la porte verrouillée de l'aile est.

Les Agents ont sécurisé la poignée de porte de l'aile est à l'aide d'un outil permettant de détecter les entrées et les sorties (un fil). Si les Agents le retrouvent par terre, ils auront la preuve que la porte a été ouverte en leur absence.

Pendant une fraction de seconde, le temps a semblé comme suspendu. Puis ma mère a demandé :

— Qu'est-ce qui se passe, Cammie ?

Elle s'est avancée vers moi.

— Rien. (J'ai fermé la porte et m'y suis appuyée, face à ma mère.) C'est juste que…

C'est juste que mes amies sont devenues complètement folles et que, si tu voyais ce qu'elles fabriquent de l'autre côté de cette porte, tu piquerais une énorme crise. Ou peut-être que tu serais fière. Mais surtout furieuse…

— C'est juste que… je voulais te dire que le semestre commence vraiment bien pour moi, je crois. J'ai réfléchi à ce que tu m'as raconté tout à l'heure et…

Un coup a retenti derrière moi. La première chose qui m'est passée par la tête, c'est que Liz venait de tomber des épaules de Bex et s'était cogné la tête contre la porte.

— Cammie, a lancé ma mère. Tu n'ouvres pas ?

Je n'osais même pas me retourner.

— Ouvrir quoi ?

On a de nouveau frappé.

— Oh, oui !

J'ai tourné la poignée. Pitié ! Pourvu que ce soit Bex… Ou Liz… Ou Macey… Ou…

Tout le monde, sauf M. Solomon !

Mon Dieu ! Ça ne pouvait pas être pire ! L'un des meilleurs agents secrets de la CIA se tenait devant moi, et mes meilleures amies se trouvaient à quelques mètres de lui, planquées dans un coin, pour mener une enquête dont il ne devait rien savoir !

Il fallait que je gagne du temps – une minute ou au moins trente secondes – pour que Bex, Liz et Macey puissent sortir de leur cachette et disparaître.

— Oh, bonjour, M. Solomon ! me suis-je exclamée.

Notre professeur d'opérations secrètes lui-même nous avait appris à agir normalement en toutes circonstances.

— Madame Morgan, excusez-moi de vous déranger, mais... voici les documents que vous m'avez demandés.

Il a tendu à ma mère une grosse enveloppe marron.

Une enveloppe sur laquelle il avait écrit le mot « Blackthorne »

Le temps s'est de nouveau figé.

— Cammie ? a lancé ma mère. Ça ne va pas ?

— Non.

Je ne pouvais pas quitter des yeux la preuve indiscutable que le mot Blackthorne n'était pas sorti de mon imagination.

— Je vais y aller, ai-je annoncé avec un regard vers ma mère. De toute façon, vous avez sans doute plein de... choses... à faire. Et...

La voix qui a retenti à l'autre bout de la salle d'histoire m'a laissée bouche bée.

— Ah, Cammie, t'es là !

Et ce que je redoutais par-dessus tout est arrivé : M. Solomon a pivoté sur ses talons.

Cela dit, il y a une différence entre être découvert et signaler sa présence de manière intentionnelle : Macey, Bex et Liz se dirigeaient vers nous sans se cacher.

— Le film ne va pas t'attendre éternellement, a déclaré Bex.

J'ai aussitôt tourné le dos à ma mère et à mon professeur pour déguerpir sans un mot de plus.

Quand on est arrivées dans notre chambre, j'étais envahie de sensations et de sentiments plus désagréables les uns que les autres. D'abord, j'avais cet horrible goût de crabe dans la bouche. Et puis, il y avait cette enveloppe. Mais surtout, je n'en revenais pas de ce que mes amies venaient de faire ! À peine la porte refermée, j'ai hurlé :

— Vous êtes complètement dingues ! Planquer vos gadgets de surveillance dans la salle d'histoire pendant que ma mère est dans son bureau… Non mais vous vous rendez compte ?

— C'était juste une petite mission de reconnaissance, Cammie, s'est défendue Bex.

Je mourais d'envie de me mettre en pyjama, d'aller me coucher et de me débarrasser de ce goût infect de crustacé. (Enfin, pas forcément dans cet ordre !) Mais j'ai quand même trouvé la force de rétorquer :

— Vous avez failli vous faire griller. *Me* faire griller. Et je vous jure que le service de sécurité n'est pas tendre quand il s'agit de vous tirer les vers du nez. Je sais de quoi je parle.

Au lieu de me répondre vertement, Bex s'est contentée de me regarder avec attention. Comme quelqu'un qui sait décrypter le langage du corps, surtout quand il s'agit de sa meilleure amie. Elle est montée sur son lit et a croisé ses longues jambes.

— Toi, t'as trouvé quelque chose.

Inutile de nier.

— Ben oui.

Je leur ai raconté en détail ce que j'avais trouvé dans la corbeille de ma mère – jusqu'aux traces de rouge à lèvres sur les mouchoirs. Puis je leur ai parlé de l'enveloppe.

— On doit aller la chercher ! s'est exclamée Bex, aussi excitée qu'une gamine devant ses cadeaux de Noël. Il suffit d'attendre que tout le monde soit couché pour entrer dans son bureau !

— Ce n'est pas une bonne idée, Bex, ai-je répliqué en enfilant mon pyjama.

Puis j'ai enlevé ma montre et noué mes cheveux.

— Allez, Cammie, a supplié Bex. S'il y a quelqu'un qui peut se faufiler dans le bureau de ta mère, c'est bien toi !

— Non ! ai-je lancé froidement.

Pas question de laisser Bex partir dans un nouveau délire. De toute façon, j'étais trop sur les nerfs pour m'aventurer dans les couloirs à cette heure-ci.

Bex m'a suivie jusqu'à la salle de bains.

— Pourquoi ?

— Parce que ce n'est pas un jeu ! ai-je rétorqué en haussant le ton malgré moi. Parce qu'on peut se faire prendre. Parce que…

— On a des photos ! a annoncé Liz d'une voix triomphante.

Elle avait relié ma montre à son ordinateur avec un câble. Des images se succédaient sur l'écran. Des cakes au crabe. Des dossiers. Et… papa.

Son visage remplissait l'écran, avec pour cadre mon jean, sur lequel le cliché avait atterri. Liz a zoomé.

— Ooh ! a dit Macey. Qui c'est, ce beau mec ?

— C'est M. Solomon, ai-je répondu avant de me diriger de nouveau vers la salle de bains.

Pas question de pleurer devant mes amies. Et l'avantage, quand on se nettoie le visage, c'est que personne ne peut voir vos larmes.

— Je parle pas de M. Solomon, mais de l'autre type. C'est lui, Blackthorne ?

Bex est venue à mon aide.

— Non, a-t-elle expliqué.

Nos yeux se sont croisés dans le miroir.

— C'est le père de Cammie.

On a beau apprendre tout un tas de trucs dangereux à la Gallagher Academy, il y a des choses dont on ne parle jamais, tellement elles fichent la trouille. Tout le monde sait que mon père était un agent de la CIA. Et qu'un jour il n'est pas revenu de sa mission. Mais c'est un sujet tabou, et personne ne me pose de questions là-dessus. Y compris Macey.

J'ai fait comme si de rien n'était : je me suis aspergé le visage d'eau avant de me passer du fil dentaire entre les dents. Et je serais sans doute restée là pendant des heures si Liz ne s'était pas écriée :

— Oh, mon Dieu !

Dans le miroir, je la voyais scruter les moindres détails de l'image.

— Cammie ! Tu devrais venir voir.

J'ai feint d'être très occupée à m'appliquer de la crème hydratante.

— Je la connais déjà, cette photo.

— Non, Cammie, a-t-elle insisté. Regarde le tee-shirt de M. Solomon !

Et là, j'ai enfin remarqué ce qui m'avait échappé dans le bureau de ma mère. Une inscription se détachait sur le vêtement de notre professeur : *Institut Blackthorne pour garçons*.

— C'est une école, a fait remarquer Macey.

— Une école pour *garçons* ! a renchéri Liz.

Le regard rivé sur le cliché, j'ai posé la question que tout le monde se posait :

— Pour espions ?

CHAPITRE 6

On m'a toujours dit que, le plus dur pour un agent secret, ce n'est pas d'apprendre un tas de choses, c'est de faire semblant d'ignorer ce que vous n'êtes pas censé savoir.

Maintenant, je comprenais vraiment ce que ça voulait dire. Parce que j'avais un mal fou à regarder M. Solomon. Quant à adresser la parole à ma mère, c'était carrément impossible. Bref, j'avais l'impression de me retrouver en plein rêve. Un rêve très bizarre dans lequel je découvrais l'existence d'une école pour espions dont personne ne m'avait jamais parlé.

Et dire que Blackthorne était une école ! Et que M. Solomon y était allé ! Une école sans doute remplie de mecs aussi beaux que lui ! C'était vraiment le jour le plus étrange de ma vie d'espionne. Même en comptant celui où on s'était toutes retrouvées en apesanteur dans le laboratoire du docteur Fibs !

Ça faisait des années que Tina jurait qu'un lycée pour espions existait quelque part dans le Maine. Mais bon, ça devait être un coup de chance. Parce qu'elle disait pas mal de trucs sans queue ni tête. Genre que Gillian Gallagher était une descendante de Jeanne d'Arc…

On était dans la salle de classe de Mme Buckingham, qui est montée sur l'estrade pour annoncer :

— Aujourd'hui, le cours va porter sur les services clandestins.

Et là, j'ai su que je n'étais pas près de me réveiller.

J'adore Mme Buckingham. Elle est sympa, c'est une femme forte et je la considère un peu comme un modèle, mais sa façon d'enseigner est… comment dire… parfois ennuyeuse.

— Depuis sa parution il y a plus de deux cents ans, *L'Art de la guerre* est le document qui fait autorité en matière de supercherie… a-t-elle lu.

Les rayons du soleil me réchauffaient doucement à travers la vitre, et la voix de notre professeur me berçait, achevant de m'endormir. Après tout, j'avais du sommeil à rattraper, vu l'horrible nuit que j'avais passée. Vous devinez pour quelle raison.

Tout à coup, Mme Buckingham a stoppé son monologue. Le silence m'a réveillée en sursaut.

— Oui, mademoiselle McHenry ? a-t-elle demandé pardessus ses lunettes.

Pour la première fois du semestre, la classe entière s'est subitement intéressée au cours de notre professeur.

— Je suis désolée, madame, a commencé Macey. Tout le monde ici connaît sans doute la réponse à ma question. Mais je suis nouvelle, alors…

— Je vous en prie, mademoiselle. Que voulez-vous savoir ?

— Eh bien… je me demandais juste s'il existait d'autres écoles…

Macey s'est arrêtée un instant, les yeux fixés sur le visage de Mme Buckingham, comme pour étudier son expression.

— … comme la Gallagher Academy.

J'ai bien cru que Liz allait tomber de sa chaise. Les yeux de Tina se sont écarquillés comme jamais, et on a toutes retenu notre souffle.

— Je veux dire… a continué Macey. Est-ce qu'elle est la seule dans son genre ou y en a-t-il…

— Il n'y a qu'une seule Gallagher Academy pour Jeunes Filles Exceptionnelles, a rétorqué son interlocutrice. Et c'est la meilleure institution du monde.

Elle a souri avant de baisser le nez sur ses notes, croyant avoir conclu la conversation.

— Donc, il existe bien d'autres institutions ? a insisté Macey.

Mme Buckingham a soupiré, et a semblé peser ses mots.

— Pendant la guerre froide, il n'était pas rare de choisir des recrues parmi les adolescents. (Elle a arrangé ses lunettes sur son nez avant de nous regarder.) Pour des raisons évidentes, il est impossible de dire si ces établissements existent toujours aujourd'hui. S'ils ont un jour existé, bien sûr.

— Alors, il pourrait y en avoir d'autres ? s'est écriée Tina.

— Entre le conditionnel et l'indicatif, mademoiselle Walters, a rétorqué durement Mme Buckingham, il y a une sacrée différence.

Elle a souri avec froideur avant de décréter que la séance de questions-réponses était terminée. Puis elle s'est replongée dans ses notes.

— Cette théorie a été à la mode jusqu'en 1953, où un groupe d'ex-agents secrets…

Eva et Tina ont cessé d'écouter pour regarder par la fenêtre. Mais, mes amies et moi, on était tout excitées.

Il y avait bien eu d'autres écoles ! Qui existaient peut-être toujours aujourd'hui !

Mais la photo sur laquelle mon père et M. Solomon souriaient ne portait aucune mention de date ni de lieu. Après tout, ça pouvait n'être qu'une mise en scène fabriquée par la CIA pour entretenir la légende…

Un coup à la porte a interrompu Mme Buckingham.

— Oui ?

Tout le monde a tourné la tête vers M. Solomon, qui est entré en lançant :

— Interrogation surprise !

J'avais très mal dormi et je n'avais pas beaucoup mangé. Autant vous dire que ce n'était vraiment pas le moment pour un examen d'opérations secrètes !

Pourtant, trois minutes plus tard, après avoir boutonné mon manteau et descendu le grand escalier au pas de course avec les sept autres seconde qui avaient choisi de poursuivre les cours de M. Solomon, je ne pensais déjà plus à la photo ni au mystérieux dossier. J'ai même carrément arrêté de penser. Parfois, ça peut être une bonne chose, croyez-moi.

Un vent froid nous a balayé le visage quand on est sorties. En voyant une camionnette stationnée dans l'allée, on s'est toutes dirigées de ce côté, mais M. Solomon nous a arrêtées.

— Ce n'est pas ce véhicule que nous allons prendre.

J'ai regardé à ma droite, m'attendant à voir arriver une autre camionnette. Mais non. Tout ce que j'apercevais, c'étaient des première qui se dirigeaient en courant vers la grange où ont lieu les cours d'autodéfense. Et, à ma gauche, il n'y avait rien que des champs enneigés.

— Alors, comment on va… ? ai-je commencé.

Les rayons du soleil se réfléchissaient sur les congères, qui commençaient à fondre. J'ai cligné des yeux pour me convaincre que je ne rêvais pas : j'aurais juré que le sol venait de bouger.

Notre professeur affichait un petit sourire. Derrière lui, au milieu du champ, un gouffre est apparu. Les pales d'un hélicoptère s'en sont progressivement élevées avant de se mettre en marche, projetant de la neige un peu partout.

— Voici notre moyen de transport, a annoncé M. Solomon.

CHAPITRE 7

J'avais cinq ans lorsque ma mère m'a emmenée à la Gallagher Academy pour la première fois. J'avais cru que c'était le plus grand château du monde. Mais aujourd'hui, à travers la vitre de l'hélicoptère, le manoir paraissait minuscule. Pourtant, on n'était pas si haut que ça, vu qu'on rasait les arbres.

Dans notre lycée, on nous apprenait peut-être la chimie, la biologie et même la calligraphie, mais c'était la première fois qu'on se retrouvait à bord d'un hélicoptère ! Est-ce qu'on allait nous demander de sauter ? Ou de descendre en rappel ? Pourvu que non ! On était en jupe, quand même !

Je ne sais pas si c'étaient les turbulences, les nerfs ou les bandeaux que M. Solomon avait dans les mains, mais j'ai ressenti comme un creux dans l'estomac.

— Mesdemoiselles, je suis au regret de vous annoncer que vous n'êtes pas là pour admirer la vue, nous a expliqué notre professeur avant de nous nouer à chacune un bandeau sur les yeux. À votre place, je me mettrais à l'aise. Nous allons rester là un petit moment.

Le « petit moment » a duré exactement 57 minutes et 52 secondes, jusqu'à ce que l'hélicoptère perde de l'altitude. M. Solomon avait rappelé Tina à l'ordre deux fois : « N'essayez pas de regarder sous votre bandeau, mademoiselle Walters. » Mais, à part ça et les ronflements de Bex – c'est incroyable, cette fille peut dormir n'importe où ! –, le trajet s'était passé en silence.

Je n'avais aucune idée de l'endroit où on était, ni de la direction qu'on avait prise. Tout ce que je savais, c'est qu'après un voyage aussi long je mourais d'envie d'aller aux toilettes.

Après qu'on a atterri, j'ai entendu les portes de l'hélicoptère s'ouvrir, et on m'a guidée vers ce qui semblait être une camionnette. Où est-ce qu'on allait encore nous emmener ? Heureusement, j'ai senti le parfum de Bex près de moi, et sa présence m'a un peu rassurée.

— Enlevez vos bandeaux ! a ordonné M. Solomon.

J'ai passé le tissu noir par-dessus ma tête, puis j'ai cligné des yeux en essayant de m'habituer à la lumière, au nouveau décor. Et surtout à la vue de sept filles aux cheveux dressés sur le crâne à cause de l'électricité statique. Ceux d'Eva, en particulier, faisaient des épis incroyables. Mais il y avait plus intéressant. La camionnette était remplie de gadgets à la pointe de la technologie. Je n'avais jamais rien vu d'aussi sophistiqué. D'ailleurs, pour confirmer mon impression, M. Solomon a déclaré :

— Aujourd'hui, vous jouez dans la cour des grands, jeunes filles.

Puis il s'est tourné vers Courtney.

— Quel est le but de la contre-surveillance, mademoiselle Bauer ?

— Détecter une surveillance pour s'y soustraire ? a-t-elle répondu d'un ton hésitant.

— Exact, a-t-il lâché sans quitter des yeux les écrans qui s'étalaient sur les murs de la camionnette. Le monde est grand, mais ce n'est pas pour ça qu'il est facile de s'y cacher. Si vous décidez de continuer les missions sur le terrain, vous avez tout intérêt à prendre l'habitude de jeter discrètement un œil derrière vous de temps en temps. La contre-surveillance ne s'apprend pas dans les livres. Vous devez sentir ce petit frisson désagréable dans la nuque qui vous prévient que quelque chose cloche.

La camionnette s'est arrêtée.

— Au semestre dernier, certaines d'entre vous ont prouvé qu'elles étaient très douées pour passer inaperçues. (Il m'a regardée droit dans les yeux.) Eh bien, aujourd'hui, les rôles sont inversés. C'est vous qui allez vous faire filer. Et je vous préviens, mesdemoiselles… (M. Solomon s'est arrêté un instant, pendant lequel j'ai cru entendre les cœurs de mes camarades battre à tout rompre.) c'est beaucoup plus dur.

Il suffisait de me rappeler notre dernière mission pour m'en convaincre. Notre « pigeon », autrement dit la personne qu'on avait suivie, n'était autre que notre professeur de géopolitique, M. Smith. Un vrai parano qui avait utilisé tous les trucs de la contre-surveillance possibles et imaginables. Tout ça pour participer à la fête foraine de Roseville… Le filer n'avait pas été de tout repos, pour nous comme pour lui.

— Mettez-vous par groupes de deux, a ordonné M. Solomon. J'ignore combien d'agents vous aurez aux trousses. Ce que je sais, c'est qu'ils sont très forts et que vous devrez utiliser tout ce que vous avez appris pour essayer de les repérer et de les semer. Rendez-vous à 17 heures.

Il a sorti une enveloppe, qu'il a fourrée dans les mains de Tina avant de se tourner vers les portes arrière.

— Oh ! une dernière chose. Les méthodes de surveillance vous seront peut-être indispensables dans votre futur métier, mais la contre-surveillance vous sauvera la vie. Ne vous étonnez pas de trouver cette mission difficile. Il n'y a rien de plus normal.

Les portes se sont ouvertes, et M. Solomon a disparu à l'extérieur.

Où est-ce qu'on pouvait bien être ? Peut-être à trois cents kilomètres du manoir. Ou bien à quelques mètres, à supposer que l'hélicoptère ait décrit des cercles avant de se retrouver à deux pas de notre point de départ. Tout était possible, mais une chose était sûre. L'enjeu dépassait de loin la note qu'on obtiendrait.

— Vas-y, Cammie, ouvre, a dit Bex.

J'ai poussé doucement une des portes. Un rayon de lumière m'a inondée tandis que j'essayais de reconnaître les lieux.

— C'est le Mall*...

---

* Le National Mall est un parc de Washington abritant de nombreux musées. *(Toutes les notes sont de la traductrice.)*

CHAPITRE 8

On s'est faufilées une à une à l'extérieur de la camionnette pour contempler l'allée bordée de pelouses qui nous faisait face. Celle qui relie le Washington Monument et le Capitole, au cœur de la ville de Washington. On se trouvait au beau milieu du Smithsonian, un immense complexe de musées. Mais on n'était pas là pour admirer la veste en cuir de Fonzie, contrairement aux groupes scolaires qui viennent visiter les lieux chaque année.

Un homme s'étirait sur un banc dans sa tenue de joggeur. Une file de jeunes femmes portant des sweat-shirts identiques s'allongeait devant le métro.

On aurait dû s'attendre à un coup pareil de la part de M. Solomon. Il n'arrêtait pas de nous répéter que c'était beaucoup plus facile de repérer des personnes suspectes dans un endroit peu fréquenté par le public. Mais, ce jour-là, notre professeur avait choisi de nous faire atterrir à l'endroit où les touristes du monde entier se réunissent. Et où on trouve toutes sortes de gens, du clochard à l'homme politique. (Macey affirme que ces deux-là ne sont pas très différents, soit dit en passant.)

— On va se faire filer… a commencé Kim.

— Par les amis de M. Solomon, a terminé Mick Morrison avec un craquement de doigts.

— Et ça peut être… a continué Anna.

Elle a dégluti sans pouvoir achever.

— … n'importe qui, a lâché Bex, aussi excitée que celle-ci avait l'air terrifiée.

Tina était en train d'ouvrir l'enveloppe que lui avait donnée M. Solomon.

— Alors ? a demandé Bex. Qu'est-ce que c'est ?

Tina tenait une brochure du musée national d'Histoire américaine. Elle a indiqué du doigt la photo d'une paire de chaussures rouges barrée du message suivant : *Rien ne vaut son chez-soi. Rendez-vous à 17 heures.*

J'avais vu *Le Magicien d'Oz* des dizaines de fois, et je me doutais que les souliers couleur rubis de Dorothée se trouvaient de l'autre côté de la pelouse, avec les autres trésors des États-Unis.

Mais je savais aussi que parvenir là-bas à 17 heures en ayant semé nos poursuivants serait bien plus difficile que de claquer des talons pour rentrer chez nous.

— Demi-tour, a lancé Bex une heure plus tard.

On s'est arrêtées net devant le musée et on est reparties aussi sec dans l'autre sens. L'homme à la casquette rouge qui nous emboîtait le pas depuis un bon moment a poursuivi sa route comme s'il se fichait pas mal de nous. Et peut-être que c'était le cas. À moins qu'il nous ait réellement filées et qu'un complice ait déjà pris la relève. Impossible de savoir.

— J'ai l'impression que personne ne nous suit, a déclaré Bex d'un ton plein d'espoir.

— Ne te réjouis pas trop vite. Si ça se trouve, on a toute une troupe de stars de la CIA à nos trousses et on n'est même pas capables de les repérer.

— C'est possible… a reconnu mon amie.

On ne m'appelle pas le Caméléon pour rien. Je suis vraiment douée pour passer inaperçue. Seulement, quand ce sont les autres qui se cachent dans l'ombre, c'est beaucoup plus difficile. M. Solomon nous avait prévenues.

— Pourquoi est-ce que je n'ai encore repéré personne ? ai-je gémi.

— Il faut voir le bon côté des choses, Cammie.

Bex a ouvert grand les bras. Les gens autour de nous devaient la trouver belle. Ils ne se doutaient pas une seconde qu'ils avaient affaire à une apprentie espionne en train de mémoriser tous les visages autour d'elle.

— On pourrait avoir cours de langues anciennes, en ce moment, a-t-elle continué. Ou être enfermées avec le docteur Fibs dans son laboratoire.

Effectivement, vue comme ça, la situation n'était pas si désagréable. Surtout quand on sait que, depuis l'incident avec ses lunettes à rayons X, il est myope comme une taupe, ce qui n'arrange pas sa maladresse.

— Mais, dis-moi, on a une super-vue d'ici !

Bex ne parlait pas du Washington Monument ni du Capitole. Elle faisait allusion aux deux garçons assis sur un banc qui la regardaient.

— Oh ! J'en veux un ! a-t-elle décrété en passant son bras autour de mes épaules.

— Arrête, ce ne sont pas des chiots !

— Allez, viens. On va leur parler.

Bon, OK, ils étaient vraiment mignons. Mais ce n'était clairement pas le moment de draguer.

— Bex, on est en mission, souviens-toi.

— Peut-être, mais autant lier l'utile à l'agréable, tu trouves pas ?

— Non, Bex, tu sais bien que discuter avec des mecs pendant une opération secrète n'est franchement pas une bonne idée. Et je sais de quoi je parle. Au début c'est marrant, mais, quand ça finit par une tasse de thé qui les rend amnésiques, c'est beaucoup moins drôle.

— Ouah… T'es vraiment…

— Quoi ?

Bex a jeté des coups d'œil à droite et à gauche avant de lâcher :

— Toujours à fond sur Josh.

On était rentrées à la Gallagher Academy depuis plus d'une semaine, et personne n'avait encore osé prononcer son prénom.

— Bien sûr que non. (J'ai haussé les épaules avant de m'éloigner en scrutant la foule.) C'est moi qui ai cassé avec lui, je te signale. Tu te rappelles ? Et je m'en suis remise depuis longtemps.

— Pas la peine de faire semblant, Cammie.

Plutôt mourir que d'avouer la vérité.

— Je me fiche pas mal de lui, ai-je insisté.

Bex aurait pu essayer de me tirer les vers du nez. Elle m'aurait sans doute dit que je ne pouvais pas avoir oublié aussi vite mon premier petit ami. Mais ce n'était pas le moment. Parce qu'une femme en tailleur beige qui parlait au téléphone est entrée dans notre champ de vision. Elle n'avait rien d'extraordinaire… si ce n'est que, cinquante minutes plus tôt, elle portait un survêtement et se promenait avec un bébé dans une poussette…

— Bex, ai-je murmuré le plus calmement possible.

— J'ai vu.

Croyez-moi, quand on veut semer quelqu'un pour de bon, il faut parcourir un sacré bout de chemin. Vous devez en prendre des taxis et des métros ! Ça peut durer une journée entière.

Le problème, c'est que M. Solomon ne nous avait pas donné une journée entière. Du coup, Bex et moi, on a passé l'heure suivante à entrer et à sortir de plusieurs musées, à emprunter des escalators pour en descendre deux minutes plus tard, à nous arrêter net, à jeter un œil dans tous les miroirs qu'on croisait, et à faire mine de lacer nos chaussures à tout bout de champ. Bref, on a utilisé tous les trucs de contre-surveillance qu'on connaissait. À un moment, on a même failli filer par la fenêtre des toilettes d'un des musées, mais un policier rôdait dans le coin et on a préféré ne pas courir de risques.

Bientôt, le soleil est descendu dans le ciel, et on a pris conscience qu'il ne nous restait plus beaucoup de temps avant de rejoindre notre point de chute.

— Tina, ai-je appelé dans mon micro. Comment ça va, avec Anna ?

Pas de réponse.

— Mick ? T'es là ?

On a échangé un regard inquiet, Bex et moi. Ce n'était pas bon signe.

On a marché vers le nord, avec l'espoir que les gens qui allaient dans la même direction que nous nous colleraient aux talons.

— Il nous reste cinquante-sept minutes, ai-je annoncé.

Bex s'est tournée vers un type derrière nous. Il marchait un peu trop vite pour ne pas paraître louche. Apparemment, les pros de la CIA se moquaient pas mal qu'on les grille, maintenant. Ils cherchaient par tous les moyens à ne pas nous lâcher d'une semelle.

Une bande de filles descendait l'escalier d'une bouche de métro. J'ai jeté un œil à Bex.

— On y va ! a-t-elle lancé.

On s'est aussitôt mêlées à elles. Elles portaient une chemise blanche identique à celle de notre uniforme et, Bex et moi, on a aussitôt enlevé nos manteaux.

— J'adore ton bracelet, ai-je lancé à une petite brune à côté de moi.

Rien ne vaut un compliment pour entamer la conversation avec une inconnue.

— Merci ! a répondu la fille, qui, d'après son badge, s'appelait Whitney et venait de Dallas. Vous faites partie de notre groupe, toutes les deux ?

— Oui, a répondu Bex. (Elle a baissé les yeux sur sa chemise.) Oh, zut ! J'ai oublié mon badge dans le bureau du sénateur qu'on a rencontré tout à l'heure. On les a enlevés pour la photo.

— Ah oui ? Comment il s'appelle ?

On a donné le premier nom qui nous traversait la tête :

— McHenry.

Pendant que l'escalator nous emmenait loin sous terre, on s'est regardées en se retenant de rire.

Une des adolescentes, Kaitlin avec un K, a murmuré à une autre, Caitlin avec un C :

— Je rêve ou ils nous suivent toujours !

Sa camarade s'est retournée.

— Ah mais oui ! a-t-elle répliqué avec un petit sourire. Ils ne nous lâchent pas, ma parole !

Elles ont dû voir notre air paniqué, parce que Kaitlin nous a expliqué :

— On dirait que les deux mecs canon là-bas en pincent pour nous…

— Oh, a lancé Bex.

On en a profité pour jeter un œil derrière nous. Le type à la casquette rouge était de retour. Seulement, il était habillé en lieutenant de marine. Et à quelques pas de lui se tenaient les deux garçons du banc. Les filles ont pouffé.

Quand on est arrivées sur le quai, le métro était déjà là.

— Vite, on va le rater ! a crié Bex.

Tout le monde s'est rué vers le dernier wagon. Le groupe de lycéennes s'est tassé dedans au moment où les portes se fermaient, suivi de justesse par le lieutenant de marine. Pendant ce temps, Bex et moi, sur le quai, on les regardait tranquillement.

Le métro a disparu, emportant avec lui notre poursuivant écrasé contre la vitre.

Ouf, on pouvait enfin souffler.

Enfin, c'est ce qu'on croyait…

CHAPITRE 9

Un excès de confiance en soi peut être fatal à un espion. Bex et moi, on a donc décidé de se séparer une fois sorties du métro. Il nous restait exactement vingt minutes pour rejoindre le musée national d'Histoire américaine, où M. Solomon nous avait donné rendez-vous.

Je me suis glissée dans l'ombre de la station pour regarder Bex s'élever sur l'escalator. Puis j'ai attendu quelques minutes, le temps de m'assurer que personne ne la suivait, avant de me diriger vers l'ascenseur. Quand j'ai avancé le doigt vers le bouton, une autre main m'a devancée.

— Salut ! a lancé l'un des garçons qu'on avait croisés dans la journée.

— Salut, ai-je répliqué en appuyant à mon tour sur le bouton dans l'espoir de voir l'ascenseur arriver plus vite.

Mieux valait ne pas s'attarder avec ce type. La dernière fois qu'un inconnu m'avait accostée, ça c'était mal terminé, vu que M. Solomon avait failli finir écrasé par un chariot élévateur. Avouez que ça fait plutôt désordre dans un dossier scolaire…

Quand les portes se sont ouvertes, j'ai espéré un instant qu'il n'allait pas monter. Pas de veine ! Il est entré avec moi.

L'ascension m'a paru interminable. Le garçon, adossé contre la rampe, ressemblait vaguement à Josh, sauf qu'il était un peu plus petit et avait les épaules légèrement plus larges.

— Alors, t'es à la Guggenheim Academy, a-t-il déclaré en pointant le menton vers l'emblème cousu sur mon manteau.

— La Gallagher Academy, ai-je corrigé.

— Jamais entendu parler.

L'ascenseur semblait ne jamais devoir s'arrêter, tandis que je comptais les secondes. Et si M. Solomon nous demandait de rentrer à pied au cas où on n'arrivait pas à l'heure ?

— T'es pressée ?

— En fait, oui. J'ai rendez-vous avec mon prof au musée d'Histoire américaine. Je n'ai plus que vingt minutes, et il va me tuer si j'arrive en retard.

— Comment tu sais qu'il ne te reste que vingt minutes ? Tu n'as pas de montre.

— Mon amie vient de me le dire.

Ce type avait un sacré sens de l'observation. Tout le contraire de Josh !

— T'as l'air nerveuse, non ?

Encore un truc que mon ex-petit ami n'aurait pas remarqué.

— Désolée, mais j'ai super-faim.

Ce n'était même pas un mensonge.

Il m'a tendu un paquet de M&M'S.

— Tiens. Il m'en reste quelques-uns.

— Oh… euh, non merci.

Après tout, on m'avait toujours dit qu'il ne fallait pas accepter de bonbons d'un étranger, quand j'étais petite…

Enfin, les portes se sont ouvertes pour nous lâcher à ciel ouvert. La nuit commençait à tomber.

— Merci pour les M&M'S, ai-je lancé en guise d'adieu.

Quel était le chemin le plus court pour rejoindre le musée… ? J'ai filé dans la nuit, avant de m'apercevoir que quelque chose clochait.

Quelqu'un me suivait !

— Qu'est-ce que tu fais ? ai-je demandé au garçon derrière moi.

— Je croyais qu'on allait au musée d'Histoire américaine.

— *On* ?

— Bah oui. Je viens avec toi.

— Désolée, mais non.

La scène du chariot élévateur m'avait servi de leçon. Et puis, je ne crois pas que la CIA aurait apprécié que je ramène un inconnu à un rendez-vous censé rester secret.

— Écoute, a repris mon interlocuteur. Il fait nuit noire. Tu ne peux pas y aller toute seule. Et puis tu risques de te perdre.

Mon Dieu ! On aurait dit ma grand-mère.

— Et je te signale qu'il ne te reste que quinze minutes, a-t-il conclu.

Ce type n'allait pas me lâcher à moins que je ne fasse un scandale, ce qui était la dernière chose dont j'avais besoin. Il valait mieux céder.

— OK, ai-je conclu en accélérant le pas.

Ce n'était pas une mauvaise chose, après tout. J'avais plus de chances de passer inaperçue avec ce garçon, qui me servait de couverture en quelque sorte.

— Tu marches super-vite, a-t-il constaté. Au fait, c'est quoi, ton nom ?

Ce genre de question anodine ne l'était pas tant que ça. Parce que c'est comme ça que commencent les histoires d'amour... qui finissent par des cœurs brisés et des couvertures grillées.

— Si tu savais... J'en ai plein.

C'était le truc le plus sincère que j'avais dit jusqu'à présent, pourtant le garçon a souri comme s'il s'agissait d'une blague. Mais moi je n'étais vraiment pas d'humeur à rigoler, après avoir passé tout l'après-midi à marcher dans le froid !

J'avais le nez qui coulait, les pieds en compote et une seule envie : claquer mes talons l'un contre l'autre comme Dorothée pour me télétransporter chez moi. Au lieu de ça, je devais me coltiner ce type qui voulait absolument me protéger ! Un type qui me regardait comme si j'avais quelque chose à cacher.

— T'as un petit ami ?

Ça alors, il me draguait ou quoi ? Enfin, j'en étais presque sûre, même si Macey n'était pas là pour le confirmer.

— C'est très sympa de ta part de m'accompagner, mais c'est pas la peine, tu sais.

C'était peu de le dire. J'aurais pu le tuer d'un coup de sac à dos.

— C'est là, ai-je ajouté en pointant le doigt vers le musée, à quelques mètres. En plus, il y a un policier juste devant.

— Quoi ? a répliqué l'inconnu. Tu crois que ce type peut te protéger mieux que moi ?

En fait, même Liz aurait sans doute été un meilleur garde du corps que lui.

— Je crois surtout que, si tu ne me laisses pas tranquille, je vais crier et ce policier va t'arrêter.

Cette fois, c'était bien une blague. Quoique… En tout cas, le garçon l'a pris comme ça, parce qu'il s'est écarté en souriant.

J'ai ressenti une pointe de culpabilité. Après tout, il n'y avait rien de mal à jouer au chevalier servant. Malheureusement pour lui, il était tombé sur la seule fille qui n'avait pas besoin d'être sauvée.

— Hé, ai-je lancé. Merci quand même.

Je me suis engouffrée dans le musée, puis je me suis postée dans un couloir derrière l'accueil, où j'ai attendu une minute trente pour être sûre que personne ne m'avait suivie.

— Bex, ai-je murmuré dans mon micro. Courtney… Mick… Kim…

Silence radio. C'était impossible ! Elles ne pouvaient pas s'être toutes fait prendre ! À moins qu'elles n'aient dégusté une glace quelque part. Ou qu'elles n'aient attendu dans la camionnette.

J'ai saisi une brochure destinée aux visiteurs avant d'emprunter l'escalier menant aux souliers rouges. Dans à peine plus d'une minute, j'aurais droit aux félicitations de M. Solomon… Tandis que je grimpais les marches deux par deux, les yeux rivés sur le plan du prospectus, je n'ai pas mis longtemps à localiser mon point de chute. Quelques secondes plus tard, je me suis retrouvée devant les fameuses chaussures.

Aucune trace de M. Solomon, ni de mes camarades. La salle était déserte. D'après les secondes que j'avais comptées dans ma tête, il était 17 heures pile. Je me suis avancée vers la vitrine. Celle-ci renfermait un trésor si délicat que je n'ai pas pu m'empêcher de l'admirer quelques instants.

Pourtant, ce n'était pas le moment. Mieux valait essayer de comprendre pourquoi les sept autres élèves étaient aux abonnées absentes et mon prof était invisible.

— Vous avez quatre secondes de retard, a soudain lancé la voix de M. Solomon derrière moi.

J'ai fait volte-face.

— Oui, mais personne ne m'a suivie.

— Vous en êtes certaine, mademoiselle Morgan ?

Tout à coup, le garçon de tout à l'heure a surgi de l'ombre.

Il m'a regardée. M'a souri. Et a dit :

— Tiens, comme on se retrouve, Gallagher Girl…

CHAPITRE 10

Il ne m'en a pas fallu plus pour comprendre l'évidence : la Gallagher Academy n'était pas la seule école d'espionnage. Et cette autre école était réservée aux garçons. Le pire, c'était que l'un d'entre eux venait de me battre à plates coutures.

Je devais rêver, ce n'était pas possible.

— Bien joué, Zach, a dit M. Solomon.

Le dénommé Zach m'a adressé un clin d'œil. Plus de doute. Tout ça était bien réel.

J'avais été vraiment nulle ! Comment j'avais pu laisser ce type me distraire ? D'autant que ce n'était pas la première fois que je tombais dans le piège…

Heureusement, j'ai trouvé la force de rattraper le coup en lançant :

— Salut, élève de Blackthorne.

Là, je marquais un point.

M. Solomon a cligné des paupières. Zach est resté bouche bée, et moi, j'avais le sourire jusqu'aux oreilles quand mon prof a lâché :

— C'est bien, mademoiselle Morgan. (Il a regardé le garçon avant d'ajouter :) Mais ce n'est pas suffisant.

Je suis devenue rouge comme une tomate.

Et dire qu'on avait cru que ces deux garçons qu'on avait croisés étaient tout à fait ordinaires !

— C'était quoi, ta mission, exactement ? ai-je voulu savoir. Nous empêcher de réussir la nôtre ?

— Quelque chose comme ça. (Il a retenu un petit rire.) Le but, c'était juste de te faire arriver en retard. Je n'aurais pas cru que tu me dirais où tu allais, et encore moins que tu m'y conduirais.

Là, c'est sûr, j'allais vomir en face des huit caméras de sécurité, de mon prof préféré… et de ce Zach.

Comment j'avais pu penser qu'il jouait au chevalier servant ? Et qu'il me draguait. Surtout qu'il n'était pas si beau, si grand et si ténébreux que ça, finalement.

Un groupe de touristes a fait irruption dans la salle, et l'un d'eux m'a à moitié bousculée tandis qu'un flash m'éblouissait. M. Solomon m'a alors prise par les épaules pour me guider vers l'extérieur. Quand je me suis retournée, Zach avait déjà disparu.

Laissez-moi vous dire que le trajet du retour en hélicoptère a été vraiment bizarre.

Pour passer inaperçues, Mick et Eva avaient piqué des uniformes aux agents d'entretien du parc.

Kim, qui était tombée dans l'escalier, avait posé sa jambe sur les genoux de Tina, qui lui appliquait un sac de glace sur la cheville.

Courtney était toute mouillée, après avoir chuté dans le bassin du Lincoln Memorial.

Quant à Anna Fetterman, elle avait l'air sous le choc. Pas étonnant : elle était la seule d'entre nous à avoir accompli sa mission !

Bex elle-même n'était pas arrivée à temps au rendez-vous, retardée par la personne qui la filait.

Du coup, personne n'osait ouvrir la bouche. Pas même Tina, qui avait pourtant toujours été obsédée par l'idée qu'une école d'espions puisse exister quelque part.

Ces types nous avaient menées en bateau, et c'était dur à encaisser.

Les lumières du manoir, en dessous de nous, sont apparues dans l'obscurité.

Quand l'hélicoptère a touché terre en faisant voler la neige autour de lui, M. Solomon a déclaré, la main posée sur la poignée de la porte :

— Seules cinquante personnes dans le monde sont capables de mener à bien le genre de mission que je vous ai confié aujourd'hui.

Ah, on allait avoir un débriefing ! C'était le moment de nous expliquer qui étaient ces garçons et pourquoi on avait attendu tout ce temps pour les rencontrer. Mais M. Solomon s'est contenté d'ajouter :

— À la fin du semestre, j'espère qu'il y en aura cinquante-huit.

— Vous les avez vraiment vus ? a demandé Liz une heure plus tard.

On avait mis la musique assez fort et l'eau coulait dans la baignoire, mais notre amie ne pouvait pas s'empêcher de murmurer.

— Alors… ils existent ? a-t-elle insisté.

— Liz, ai-je répliqué, on ne parle pas de licornes…

— Je confirme, a lancé Bex. Ce sont bien des garçons. Et ils sont… forts.

C'était un vrai sauna dans la salle de bains, et le miroir était tout embué. Mais pas question d'ouvrir la porte, parce que A) la vapeur d'eau est excellente pour la peau, B) on était en train de parler du plus grand scoop de toute l'histoire de la Gallagher Academy et, ici, mieux vaut se méfier des oreilles qui traînent.

— C'est peut-être pas ce que vous pensez, a repris Liz. Si ça se trouve, ils ne viennent pas de Blackthorne.

— Non, on ne s'est pas trompées, a répliqué Bex.

Je me suis laissée tomber sur le bord de la baignoire, la tête dans les mains. Et dire que je m'étais fait avoir comme une débutante !

— Comment j'ai pu lui parler ? Comment j'ai pu lui dire où j'allais ?

— C'est pas si grave, a essayé de me rassurer Liz.

— Oh, mais si… Il était… J'ai été…

Impossible de trouver les mots pour traduire ce mélange de colère et d'humiliation qui me submergeait.

— Bon, parlons de choses sérieuses, est intervenue Macey en s'installant sur le rebord du lavabo. Il était mignon comment, ce type ?

— On s'en fiche, ai-je marmonné.

Mais Bex a lancé :

— Vraiment canon.

— C'est pas la question, ai-je insisté.

— Canon comment ? a voulu savoir Liz, qui avait sorti son calepin. Genre Leonardo DiCaprio ou plutôt George Clooney ?

De toute façon, rien ne pouvait excuser mon erreur. Même pas son degré de beauté.

— George Clooney, a répondu Bex.

À l'autre bout du couloir, dans une des chambres, les filles de notre classe essayaient de s'introduire à distance dans le système de surveillance du musée. Elles espéraient pouvoir identifier un des jeunes hommes qui s'étaient baladés dans le coin ce jour-là, grâce à la base de données du FBI…

Liz a refermé son calepin.

— Au moins, maintenant, on sait de quoi parlaient ta mère et M. Solomon. Et que tu ne reverras sans doute plus jamais ce type. Enfin, il me semble, non ?

Il était 4 heures du matin, et je maudissais M. Solomon de nous avoir si bien appris à nous servir de notre mémoire. Parce que j'aurais donné toutes mes économies pour oublier ce qui s'était passé.

Bex dormait, un sourire machiavélique aux lèvres, rêvant probablement à de sombres plans. Liz était recroquevillée dans son lit contre le mur, et Macey ronflait un peu, sans doute à cause du gros diamant de sa narine qui l'empêchait de respirer correctement.

Quant à moi, les yeux au plafond, je n'arrivais pas à trouver le sommeil. Finalement, j'ai rejeté mes couvertures et posé le pied sur le plancher.

Je jure que je n'avais aucune idée derrière la tête quand j'ai enfilé mes baskets et que je me suis dirigée doucement vers la porte.

Quand je me suis retrouvée dans le couloir plongé dans l'obscurité, je ne me suis pas posé de question. Après tout, les espions suivent leur instinct, la plupart du temps. Et c'est ce que j'ai fait.

Le deuxième étage était balayé par les rayons de la lune. Je me suis avancée à pas de loup vers la bibliothèque qui cache un passage secret, à l'entrée de la salle d'histoire. Tout à coup, j'ai entendu le parquet craquer derrière moi. Le faisceau d'une lampe torche a éclairé le couloir avant de m'éblouir, et j'ai dû me protéger le visage avec les mains en préparant déjà tout un tas d'excuses. (J'étais somnambule… J'avais besoin d'un verre d'eau…)

— Tu croyais quand même pas que t'allais partir sans nous ? a lancé Bex.

Quand Macey s'est enfin décidée à baisser la lampe, j'ai découvert Liz, qui frissonnait dans sa chemise de nuit, et Bex, qui avait ouvert une petite valise noire où brillait son arsenal d'outils pour crocheter les serrures.

Personne n'a eu besoin de dire où on allait. Ça faisait des jours qu'on préparait le terrain, et maintenant on était prêtes à passer à l'attaque. Pendant que Bex s'occupait de la serrure de l'aile est, j'ai évité de tourner la tête vers le bureau de ma mère. Tant pis pour ma promesse ! Je n'étais plus d'humeur à la tenir.

La serrure a cédé, et on est entrées dans le couloir qu'on connaissait bien. Maintenant, il débouchait sur une grande pièce. Une porte ouverte révélait une salle de bains entre deux espaces clos. Ça sentait la peinture fraîche, là-dedans…

— On dirait des… chambres… a remarqué Liz.

Il n'y avait pas beaucoup de doutes là-dessus, vu que les pièces étaient meublées de lits, de bureaux et de placards.

— Vous savez ce que ça veut dire ? a demandé Bex.

Je ne voyais qu'une seule explication.

— La Gallagher Academy va accueillir de nouveaux pensionnaires. Des garçons.

— Et on va pouvoir prendre notre revanche, a conclu Bex avec un sourire.

CHAPITRE 11

Ce n'est pas pour rien que la Gallagher Academy n'accepte pas les garçons.

À la fin du XIXe siècle, on pensait que les jeunes filles comme Gillian Gallagher n'étaient bonnes qu'à apprendre la broderie, pendant que leurs comparses masculins étudiaient les maths, les sciences et l'art de se battre en duel.

Même après avoir sauvé la vie du président, Gillian n'a pas pu intégrer d'école d'agents secrets. Ils avaient, paraît-il, peur de se prendre les pieds dans sa jupe à crinoline – alors que ce genre de vêtement est très pratique pour cacher des armes…

Du coup, Gilly a eu une super-idée. Elle a ouvert une école où les filles pourraient apprendre tout ce dont elles n'étaient pas censées avoir besoin. Un endroit dans lequel elles étaient libres de devenir exceptionnelles, sans avoir à subir la pression ou l'influence de la gent masculine.

Et maintenant, tout ça allait changer…

Le lendemain matin, au petit déjeuner, Bex, Liz, Macey et moi, on était encore trop ébahies pour écouter avec attention ce que racontait Anna en allemand. Tout ce que j'ai retenu, c'est qu'elle avait enfermé l'agent qui la filait dans un placard – ce qui, je dois le reconnaître, était plutôt bien joué.

— Cammie, a murmuré Liz. Tu crois qu'ils vont… arriver quand ?

Je n'en avais pas la moindre idée. Ce que je croyais savoir de la réalité avait été complètement chamboulé ces dernières vingt-quatre heures, et je n'étais pas pressée de découvrir à quoi elle ressemblait vraiment.

Mais c'était compter sans ma mère, qui est montée sur l'estrade pour déclarer :

— Mesdemoiselles, j'ai une annonce à vous faire.

Les portes du fond se sont ouvertes, et j'ai su que plus rien ne serait jamais comme avant à la Gallagher Academy.

Tout le monde a lâché sa cuillère. Pour la première fois depuis longtemps, on aurait pu entendre une mouche voler dans le Grand Hall.

OK, on est censées être préparées à tout. Mais là, je peux vous dire que mes camarades auraient sans doute préféré repousser l'attaque d'une horde d'assaillants. À voir leurs têtes, il n'y en avait pas une qui s'attendait à voir quinze garçons s'avancer dans le Grand Hall.

C'était une chose d'apprendre qu'ils allaient arriver un jour ou l'autre. C'en était une autre de les voir débarquer en chair et en os pendant qu'on était tranquillement installées pour déjeuner !

Ma mère avait l'air de trouver la situation tout à fait normale. Elle a saisi le micro pour poursuivre son discours.

— La Gallagher Academy pour Jeunes Filles Exceptionnelles possède une histoire dont elle peut être fière…

Je suis certaine que personne ne l'écoutait.

— Depuis plus de cent ans, notre institution est restée très fermée… jusqu'à hier, jour où certaines d'entre vous ont rencontré des élèves d'un autre établissement tout aussi exceptionnel.

« Ont rencontré » ? Elle voulait sans doute dire « Ont été humiliées par ».

— Les membres du conseil d'administration de la Gallagher Academy pensent depuis longtemps, tout comme la direction de l'Institut Blackthorne, que nos élèves respectifs ont beaucoup à apprendre les uns des autres.

Elle a souri, avant de coincer une longue mèche de cheveux derrière son oreille, les yeux braqués vers le fond de la salle.

— Ce moment-là est arrivé.

Tina semblait sur le point de tomber dans les pommes, et Eva était tellement sous le choc que le verre de jus d'orange, dans sa main, restait suspendu en l'air. Macey, elle, a à peine levé la tête quand les garçons sont passés devant nous.

— C'est eux ? a-t-elle lancé avec un haussement d'épaules. J'en ai vu des plus mignons.

Puis elle s'est replongée dans ses fiches de chimie organique.

— Quand Gillian Gallagher était jeune fille, cette salle a accueilli de nombreuses fêtes. Malheureusement, elle n'a pas vu défiler beaucoup d'invités au siècle dernier. Je suis vraiment contente que cela puisse changer aujourd'hui.

C'est là que j'ai réalisé que les garçons n'étaient pas seuls. Un homme à la grosse figure rouge les devançait. Il arpentait l'allée avec un grand sourire en serrant les mains des pensionnaires, comme un boxeur saluant ses supporteurs avant d'entrer sur le ring.

— J'ai le plaisir de vous présenter le docteur Steven Sanders. Docteur Sanders…

Mais le nouveau venu s'est emparé du micro pour corriger :

— Docteur Steve.

— Pardon ? a demandé ma mère.

— Appelez-moi docteur Steve.

— Bien sûr, a repris ma mère avant d'expliquer : Le docteur Steve et ses élèves vont passer le reste de l'année avec nous.

Un long murmure s'est élevé.

— Ce qui signifie qu'ils partageront vos cours et vos repas.

« Et qu'ils dormiront dans l'aile est », ai-je pensé.

— Mesdemoiselles, j'espère que vous saisirez cette chance de tisser des liens d'amitié solides avec eux.

— Ça ne me dérangerait pas de tisser des liens avec celui-là, a commenté Eva, le menton pointé vers un des nouveaux venus.

Un garçon brun aux épaules larges.

Un garçon adossé à la table, qui avait croisé les bras. Et qui souriait. Dans ma direction.

CHAPITRE 12

— Par quelles caractéristiques physiques peut-on reconnaître les membres de cette tribu, mademoiselle Bauer ? a demandé M. Smith une heure plus tard.

On était bien plus intéressées par ce qui se passait autour de nous que par notre cours de géopolitique. C'est vrai, quoi ! Comment voulez-vous vous concentrer quand vous savez que, d'un instant à l'autre, les chaises supplémentaires du fond de la classe vont accueillir… des garçons ?

Même Liz jetait des coups d'œil à droite et à gauche comme s'ils allaient apparaître d'un coup de baguette magique. Seul M. Smith continuait de parler comme si de rien n'était… jusqu'à ce que le docteur Steve frappe à la porte.

— Bonjour, jeunes filles ! s'est-il exclamé.

J'étais loin de partager sa bonne humeur. La matinée avait mal commencé, et ce n'est pas lui qui allait arranger les choses. Parce que, évidemment, il n'était pas seul.

Trois garçons se tenaient derrière lui. Un maigrichon à lunettes et aux cheveux bruns. Un autre qui ressemblait à un dieu grec. Et, entre les deux… Zach.

Pour la première fois de ma vie, j'aurais vraiment voulu devenir invisible. Parce que j'avais encore en travers de la gorge mon échec de la veille. D'autant que mon adversaire n'avait pas hésité à me draguer pour mieux me manipuler. Je me suis recroquevillée sur ma chaise, en espérant que la masse de cheveux de Bex suffise à me cacher.

— Que puis-je faire pour vous, docteur Sanders ? a demandé M. Smith en cachant mal son impatience.

Le professeur de Blackthorne s'est contenté de le regarder avant de déclarer :

— Votre voix me dit quelque chose.

Il faut rappeler que M. Smith est l'ex-agent secret le plus recherché de la planète – et aussi le plus parano – et qu'il confie son visage tous les étés aux chirurgiens de la CIA pour qu'ils le métamorphosent. Aucun risque que le docteur Steve le reconnaisse.

— On s'est déjà rencontrés ? a continué ce dernier.

— Non, je ne crois pas, a répliqué froidement M. Smith.

— Même pas à l'Andover Institute ?

— Non, a rétorqué notre professeur, puis il s'est tourné vers le tableau, comme pour reprendre son cours.

— Bon, très bien, a conclu le docteur Steve en riant. Mes élèves peuvent-ils se présenter ?

— Docteur Sanders, mon expérience m'a appris que, dans ce métier, on ne garde jamais un nom très longtemps.

Rien de plus vrai le concernant. D'après les informations de Tina, M. Smith n'a pas moins de cent trente-sept identités enregistrées par la CIA…

— Mais s'il le faut… a-t-il achevé en levant ostensiblement les yeux au ciel.

Le maigrichon s'est avancé en triturant sa cravate.

— Euh… Je m'appelle Jonas, a-t-il balbutié. J'ai seize ans… et je suis en seconde.

— Bienvenue, Jonas, a dit M. Smith un peu sèchement. Installez-vous où vous voulez.

— Excellent ! s'est exclamé le docteur Steve. Mesdemoiselles, l'une d'entre vous veut-elle servir de guide à Jonas ?

— Hummm… a lancé Liz, sans doute moins à cause de son intérêt pour Jonas que du coup de pied envoyé par Bex.

Mais le docteur Steve a pivoté vers elle en répétant :

— Excellent ! Jonas, vous pouvez faire équipe aujourd'hui avec mademoiselle…

— Sutton. Liz Sutton.

— Maintenant, Grant, si vous voulez bien…

— Moi, c'est Grant, s'est présenté le suivant – le sosie de Brad Pitt en plus jeune.

Il s'est assis à côté de Bex, qui a rejeté ses cheveux en arrière. Tiens, où avait-elle appris ça ? Sans doute pas en cours… Eh ben, si j'avais imaginé que même elle ferait la belle devant les garçons…

Sans attendre les consignes du docteur Steve, Zach s'est dirigé vers le fond de la classe.

— Je m'appelle Zach, a-t-il déclaré en se glissant derrière Grant – sur la chaise placée à côté de moi. Et je crois que j'ai trouvé mon guide.

— Excellent ! a commenté pour la énième fois son professeur.

Ce avec quoi je n'étais bien sûr pas d'accord.

Sitôt le cours fini, j'ai remballé mes affaires, complètement décontenancée. Pourtant, j'avais un tas de raisons d'être contente :

1. Quand on travaille dans les services secrets, c'est très utile de pouvoir compter sur des alliés. Alors avoir un ou deux élèves de Blackthorne dans mes relations pourrait bien me servir un jour.

2. M. Solomon a étudié à Blackthorne (et peut-être que mon père aussi). Et ils sont devenus des gens bien.

3. Comme Liz l'a remarqué, avoir constamment des garçons sous les yeux peut présenter un certain intérêt scientifique.

4. Zach a été sympa, l'autre jour, quand j'y pense. Il n'a fait qu'obéir aux ordres. D'ailleurs, il m'a offert des M&M'S. Et ce n'est pas sa faute s'il a été... meilleur que moi.

— Content de te revoir, a dit Zach.

Pendant qu'une horde d'élèves nous bousculait, il contemplait les murs de pierre et les piliers anciens.

— Alors, c'est ça, la fameuse Gallagher Academy ?

— Oui, ai-je répondu en me rappelant que j'étais son guide et que j'étais censée être aimable en toutes circonstances, d'après Mme Dabney. On est au premier étage, ici. La plupart des salles de classe se trouvent en bas.

Zach me dévisageait sans m'écouter.

— Et tu es... la non moins fameuse Cammie Morgan.

Quand Josh me regardait, on aurait dit qu'il allait m'embrasser... ou se moquer de moi... ou appeler les urgences psychiatriques. Zach, lui, me fixait avec une curiosité un peu malsaine. Du moins, j'en avais l'impression.

— Tu viens ? ai-je marmonné après de longues secondes. La salle de culture générale et de bienséance se trouve au troisième.

Il s'est arrêté net, un sourire moqueur aux lèvres.

— Ouah ! J'ai bien entendu ? Tu m'emmènes en cours de *bienséance* ?

— Oui.

— On m'avait dit que les cours étaient balèzes ici…

J'ai essayé de toutes mes forces de ne pas le pousser dans l'escalier et de continuer à avancer. Après tout, j'avais promis à ma mère de ne plus enfreindre les règles. Et je ne crois pas que s'en prendre à un invité soit autorisé par le règlement.

— Cela fait plus de cent ans que cette matière est enseignée ici, Zach. C'est ce qui permet à une élève de la Gallagher Academy de s'adapter à toutes les cultures et à tous les milieux. Être poli et cultivé, ce n'est pas superficiel. (Je me suis arrêtée devant la salle de classe.) Si tu veux tout savoir, c'est même vital.

Là, c'est sûr, j'avais marqué un point. D'ailleurs, l'expression moqueuse de Zach a peu à peu disparu… jusqu'à ce qu'on entende un air de musique et Mme Dabney annoncer :

— Aujourd'hui, nous allons étudier… l'art de la danse !

Dans la pièce qui tenait plus du salon de thé que de la salle de classe, des rideaux de soie encadraient la grande baie vitrée, un bouquet d'orchidées ornait le piano à queue et des chaises étaient alignées contre le mur du fond. Mme Dabney se tenait sous le lustre en cristal, un mouchoir brodé à la main.

— J'ai réservé cet endroit en l'honneur de nos hôtes, a-t-elle expliqué.

— T'as entendu ça ? a chuchoté Zach. Je suis un VIP.

— Cameron, ma chère ! s'est exclamée notre professeur avant que j'aie pu répliquer quoi que ce soit. Voulez-vous bien participer à la démonstration de danse, vous et votre ami ?

Tout ce que je voulais, c'était disparaître. Mais Mme Dabney nous a poussés au centre de la pièce.

— Vous devez être Zachary Goode. Bienvenue à la Gallagher Academy. Veuillez poser votre main fermement dans le bas du dos de Cameron, s'il vous plaît. Et maintenant, que tout le monde se mette par deux ! Eh oui, mesdemoiselles, certaines de vous vont devoir jouer le rôle du cavalier.

Mes camarades se sont exécutées en riant. Jonas et Liz ont réussi à se marcher sur les pieds en même temps pendant que, Zach et moi, on attendait les instructions de Mme Dabney.

— Jeunes filles, mettez votre main dans celle de votre partenaire.

Tandis que j'obéissais à contrecœur, Zach a lancé :

— Qu'est-ce qui se passe, Gallagher Girl ? Ne me dis pas que tu m'en veux pour hier ?

— Nous allons commencer par le pas de base, a continué notre professeur. Non, Rebecca, c'est Grant qui doit vous guider, pas l'inverse.

— C'était juste une mission, tu sais, a commenté Zach avec un sourire. Le concept n'est pas censé t'être familier ?

Mme Dabney ne m'a pas laissé le temps de répliquer.

— Tenez chacun fermement votre partenaire, nous a-t-elle ordonné.

Puis elle nous a poussés l'un contre l'autre, et on s'est mis à danser.

CHAPITRE 13

Je crois que je n'ai jamais été aussi occupée de toute ma vie que les deux semaines suivantes – et pourtant, on ne s'ennuie jamais à la Gallagher Academy. J'ai passé tout mon temps à A) éviter Zach, B) préparer mes devoirs, C) pour la énième fois, faire la part du vrai et du faux dans les rumeurs qui circulaient. Par exemple :

Le groupe d'élèves de Blackthorne était constitué de quinze garçons de niveau cinquième à terminale. VRAI.

L'un d'entre eux, le fils d'un agent double dont la CIA avait simulé la mort, avait été choisi par celle-ci pour en faire un agent dormant. FAUX.

Le docteur Steve avait brisé le cœur de Mme Dabney après l'avoir quittée pour une danseuse du ventre pakistanaise. Probablement FAUX.

Par contre, personne ne pouvait contester les deux faits suivants : 1) Il y avait tellement de bruit dans les chambres la nuit que même un agent super-entraîné n'aurait pas pu trouver le sommeil. 2) Les filles se levaient beaucoup plus tôt pour se préparer.

Vous comprenez pourquoi je luttais pour garder les yeux ouverts, le vendredi matin, dans le Grand Hall.

Pendant que Liz m'expliquait en japonais que Jonas avait été finaliste d'un prestigieux prix scientifique, Courtney et Anna essayaient de savoir comment elles pouvaient s'éclaircir les cheveux avec les produits chimiques du laboratoire… (Note à moi-même : ne jamais les laisser s'approcher des miens !)

Puis Tina m'a demandé s'il y avait quelque chose entre Zach et moi.

Le problème, c'est que celui-ci se trouvait à quelques mètres, en grande conversation avec M. Solomon.

— Qu'est-ce que t'entends par là, exactement ?

— Ne fais pas l'innocente. Mais ne regarde pas de ce côté. Il t'observe.

Comme toute bonne espionne, j'ai cherché des yeux une surface réfléchissante. En l'occurrence, la carafe en inox remplie de jus d'orange.

Effectivement, Zach me fixait. De même que M. Solomon.

— Alors ? m'a questionnée Tina. Il te branche ?

Elle se fichait de moi ou quoi ? Elle croyait vraiment que j'allais lui répondre, avec toutes ces filles autour de nous aux oreilles grandes ouvertes, et surtout tous ces garçons ! Tina semblait avoir oublié les règles de base à adopter avant d'engager une conversation top secret. Bon, OK, l'endroit était très bruyant, mais je n'aurais pas été surprise d'apprendre que les élèves de Blackthorne savent parfaitement lire sur les lèvres.

Au lieu de ça, Tina a continué, tout excitée :

— Parce que, comme tu l'as rencontré la première, c'est toi qui as la priorité sur lui. S'il t'intéresse.

— Tina, ai-je murmuré. Je t'annonce officiellement que je renonce à mon droit sur Zach.

Elle a souri en hochant la tête, et tout le monde est retourné à son déjeuner.

— T'inquiète, ça va leur passer, a lancé Macey, qui était à côté de moi, par-dessus son magazine.

Son uniforme était tout froissé, et elle qui avait fait la couverture de *Vogue* ne portait pas la moindre trace de maquillage…

— Elles ne penseront bientôt plus à ces types, a-t-elle continué sans remarquer que trois d'entre eux, à la table des cinquième, la contemplaient avec des yeux exorbités.

Macey et moi, on était apparemment les deux seules filles à être immunisées contre les garçons. Elle parce qu'elle en avait côtoyé un tas au lycée public, moi parce que j'étais sortie avec Josh… et que ça s'était mal fini.

Quand l'ascenseur s'est arrêté au sous-sol numéro 1 et que j'ai vu M. Solomon se diriger vers nous en enfilant son blouson, une bouffée d'adrénaline m'a envahie.

Au lieu de nous demander d'ouvrir nos livres, il nous a entraînés dehors, dans le froid, vers une des camionnettes rouges de la Gallagher Academy. Ça peut vous paraître moyennement excitant après le coup de l'hélicoptère, mais, croyez-moi, on est beaucoup plus calme quand on se retrouve dans les airs au milieu de sept filles que quand on est assise dans une camionnette avec des garçons !

Grant et Zach étaient installés de chaque côté de M. Solomon, à l'avant. Mon « protégé » devait être sacrément bien entraîné, parce qu'il avait l'air complètement blasé. De toute évidence, ça ne lui faisait rien d'être enfermé avec huit apprenties espionnes, un type qui, d'après Tina, avait étranglé un trafiquant d'armes avec une paire de collants « ventre plat », et… le docteur Steve.

— Vous avez effectué un sacré bon travail avec ces adolescentes, monsieur Solomon, vous savez, a commencé celui-ci. Je dirais même excellent.

La semaine précédente, notre professeur avait consacré son cours aux moyens de s'extraire d'un véhicule en marche, et je me suis demandé s'il n'allait pas nous en donner une illustration en poussant le docteur Steve dehors. Mais bon, ça ne risquait pas d'arriver, parce que c'est le docteur Steve qui conduisait.

La camionnette s'est arrêtée un court instant devant les grilles du manoir avant de tourner à droite.

— Aujourd'hui, vous allez mettre en pratique des règles élémentaires, a décrété M. Solomon. Je veux vous voir travailler ensemble et être attentifs à ce qui vous entoure. Et n'oubliez pas : la moitié de votre réussite tient à votre couverture. Vous devez être crédibles. Dans le cas présent, vous êtes un groupe d'élèves d'une école privée qui se balade en ville.

— Et pour de vrai ? a demandé Bex.

— Un groupe d'espions jouant à cache-cache. Mademoiselle Sutton, comment s'y prend-on pour transmettre un document secret à un autre agent dans un lieu public sans se faire remarquer ?

— On s'arrange pour que ça ne prenne qu'une seconde ou deux.

— Correct.

J'ai jeté un œil à Zach. Étant donné que ce genre d'opération est à peine plus compliqué que de danser la valse, je n'osais même pas imaginer ce qu'il devait penser ! Mais bon, si M. Solomon nous en parlait, ça devait être important.

— Dans ce type de manœuvre, le moindre détail compte, a-t-il justement ajouté.

— Tout à fait d'accord, est intervenu le docteur Steve. Comme je le disais à Mme la directrice…

— L'exercice d'aujourd'hui vous semblera peut-être simple, a repris M. Solomon en ignorant son collègue, mais la parfaite maîtrise de cette technique est essentielle dans le métier.

Il a sorti une petite boîte, que j'ai tout de suite reconnue. C'est là qu'il range les oreillettes, ainsi que les pin's, les boucles d'oreilles et les croix en argent qui dissimulent des microcaméras.

— Regardez. Écoutez. Observez. Et communiquez.

Kim essayait déjà d'accrocher un pin's représentant un drapeau américain sur le revers de son manteau. Comme elle avait du mal, Grant lui a proposé son aide. J'ai cru qu'elle allait tomber en pâmoison.

— Mettez-vous par deux, a ordonné M. Solomon tandis que la camionnette s'arrêtait. Fondez-vous dans le paysage, et n'oubliez pas : le docteur Sanders et moi, nous gardons un œil sur vous.

J'ai lancé un regard entendu à Bex en tendant le bras vers la portière, mais M. Solomon m'a stoppée :

— Oh, mais non, mademoiselle Morgan. Il me semble que vous avez déjà un coéquipier.

Quand je suis descendue de la camionnette, je savais que ce serait l'une des missions les plus difficiles de ma vie. Non pas à cause de l'exercice imposé par M. Solomon, ni des questions avec lesquelles il allait nous bombarder via nos oreillettes. Mais d'abord parce que, à 11 heures du matin, un vendredi, il n'y a pas foule sur la place de Roseville. Et moins il y a de monde, plus il est facile de se faire repérer quand vous essayez de remettre discrètement quelque chose à quelqu'un – une pièce de monnaie, dans le cas présent.

Ensuite parce que, malgré le ciel bleu, il faisait vraiment froid. Or ce n'est pas évident de passer un si petit objet à un complice avec des gants sans le faire tomber !

Puis, surtout, parce que la personne censée être mon alliée s'appelait Zach.

— Allez, viens, a-t-il dit en se dirigeant vers la place. Tu vas voir, on va bien s'amuser.

Ah oui ? Eh bien, moi, je ne trouvais pas ça drôle de me retrouver à l'endroit qui me rappelait le garçon le plus adorable du monde… avec qui j'avais cassé…

Le kiosque était toujours là, au milieu, ainsi que le cinéma, derrière moi, et la pharmacie Abrams et fils – celle du père de Josh – de l'autre côté. Rien n'avait changé. Même pas les sacs, dans la vitrine du magasin. J'avais l'impression d'être revenue deux mois en arrière.

Zach s'est assis sur les marches du kiosque.

— Alors, tu viens là souvent ?

La pierre descellée, à la base de la construction – notre boîte aux lettres morte avec Josh – se trouvait juste derrière lui.

— Avant oui, mais le directeur adjoint de la CIA m'a fait promettre d'arrêter.

Zach a laissé échapper un petit rire.

Tout à coup, j'ai entendu M. Solomon ordonner dans mon oreillette :

— Mademoiselle Walters, c'est à vous. Prenez garde qu'on ne vous voie, et faites vite.

À l'autre extrémité de la place, Tina et Eva se sont croisées. Leurs paumes se sont frôlées une demi-seconde pendant que la pièce passait de l'une à l'autre.

— Bien, a commenté M. Solomon.

Zach a rejeté la tête en arrière, les yeux fermés, pour profiter du soleil.

Comme le silence devenait pesant, j'ai demandé :

— Où se trouve l'Institut Blackthorne exactement ?

Il a ouvert un œil.

— C'est top secret.

Ça, c'était trop fort !

— Alors, si je comprends bien, tu peux dormir dans mon lycée alors que, moi, je ne peux même pas savoir où est le tien ?

Il a éclaté de rire, comme si j'avais dit une bonne blague.

— Crois-moi, Gallagher Girl, tu ne voudrais pas dormir dans mon lycée.

Rien de mieux comme remarque pour piquer au vif ma curiosité.

— Mademoiselle Baxter, a lancé de nouveau la voix de M. Solomon, deux hommes jouent aux échecs sur la place. Dans combien de coups le joueur à la casquette verte pourra-t-il annoncer « Échec et mat » ?

— Six, a répondu Bex sans ralentir le pas.

— Qu'est-ce que t'entends par là ? ai-je repris. Pourquoi tu ne veux rien me dire ?

Il s'est redressé, a posé ses coudes sur ses genoux et m'a regardée droit dans les yeux.

— Fais-moi confiance…

— Mademoiselle Morrison, vous venez de passer devant trois voitures dans Main Street. Donnez-moi leurs numéros de plaque.

La vitrine de la pharmacie, devant moi, reflétait l'image d'Eva, qui laissait tomber sa pièce dans le sac de Courtney.

— Attention, a prévenu notre professeur. Il y a un distributeur de billets derrière vous. Donc une caméra. Vous devez faire preuve de plus d'observation, mesdemoiselles.

— Il est fort, ce Solomon, a commenté Zach.

— Pas faux.

— D'ailleurs toi aussi, à ce qu'on prétend.

Si une plume m'était tombée dessus juste à ce moment-là, je crois qu'elle m'aurait assommée. Parce que A) je ne savais absolument pas qui désignait ce « on » et B) je n'aurais jamais cru qu'un type comme Zachary Goode me sortirait un jour un truc aussi sympa.

— Zach, à vous, a lancé M. Solomon. Dites-moi sans vous retourner combien de fenêtres donnent sur la place côté ouest.

— Quatorze, a répliqué Zach en continuant à me fixer avant de m'expliquer : Ils prétendent que tu portes bien ton surnom, Caméléon. Tu sais, si c'était toi qui avais dû me filer, à Washington, je crois que je ne t'aurais jamais remarquée.

C'était censé être un compliment. Adressée à une espionne, en tout cas, ça l'était. Mais, sur cette place qui me rappelait mon premier baiser, je l'entendais d'une autre oreille. Une oreille féminine. Et, quand un garçon comme Zach vous lance une chose pareille, ça ne vous fait pas plaisir, croyez-moi.

J'aurais très bien pu lui balancer une vacherie ou, mieux, en rire. Au lieu de ça, j'ai pivoté sur mes talons. Bex et Grant venaient justement à ma rencontre. Mon amie m'est rentrée dedans en murmurant « Oh, désolée ! » tandis que sa main effleurait la mienne.

— Bien joué, mademoiselle Baxter, a soufflé M. Solomon.

Sans réfléchir, je me suis engouffrée dans la première rue, celle qui longe la pharmacie.

Juste à ce moment-là, une voix familière a demandé :

— Cammie, c'est toi ?

CHAPITRE 14

Josh se tenait devant moi.

Il s'est approché. M'a regardée en souriant. Et m'a lancé :

— Salut, Cammie, je me disais bien que c'était toi.

Bon, c'est peut-être la première fois que j'ai un ex-petit ami, mais il me semble que les ex ne sont pas censés se parler, si ? Je crois même qu'ils sont censés s'éviter…

Le problème, c'est que Josh m'avait remarquée. Il me remarque toujours, lui.

— Cammie ? Ça va ?

Qu'est-ce que je devais répondre à ça ? J'avais cassé avec lui. Je lui avais menti. Et, la dernière fois que je l'avais vu, il avait bu un thé qui lui avait fait oublier qu'il avait défoncé un mur à l'aide d'un chariot élévateur pour me « sauver ». Alors, bon, je m'étais déjà sentie mieux. Parce que c'est vraiment bizarre d'être submergée à la fois par la joie, la peur et l'embarras, tout ça en l'espace d'une seconde.

— Salut, Josh, ai-je murmuré en essayant d'affermir ma voix.

— Qu'est-ce que tu fais là ?

Il a jeté des coups d'œil autour de nous, comme s'il avait peur qu'on ne nous observe – ce qui n'avait rien d'insensé, vu les circonstances.

— Oh, t'inquiète pas, ai-je affirmé. Je suis juste en plein… exercice scolaire.

Il a reculé d'un pas et baissé les yeux sur mon uniforme. Il ne m'avait jamais vue avec jusqu'à présent.

— Alors… Comment tu vas ? ai-je demandé.

— Ça va. Et toi ?

— Ça va.

— Bon, eh ben, on va bien tous les deux, a-t-il remarqué avec un sourire forcé. C'est cool.

Oh, mon Dieu, il n'y avait pas plus gênant comme situation. C'est du moins ce que je pensais… jusqu'à ce qu'elle devienne *encore plus gênante*.

— Josh, a lancé une voix douce qui ne m'était pas inconnue. Ton père demande…

DeeDee, l'une des meilleures amies de Josh, est sortie de la pharmacie. Ses cheveux blonds faisaient une sorte de banane sous son chapeau rose assorti à son écharpe et à ses gants. Car le rose est incontestablement la marque de fabrique de DeeDee.

— Oh, Cammie ! Je suis trop contente de te revoir !

Elle a observé mon uniforme quelques secondes, comme s'il lui rappelait tous les bobards que je lui avais servis au semestre dernier. Et puis, contre toute attente, elle m'a fait la bise.

— Salut, DeeDee ! me suis-je exclamée en feignant l'enthousiasme. Moi aussi, je suis… contente… de te revoir.

Et ça aurait été vrai, si je n'avais pas remarqué un détail qui aurait fait tilt chez n'importe quelle ex-petite amie.

DeeDee et Josh se tenaient beaucoup trop droits, et ils essayaient visiblement de ne pas se toucher. Pire, ils se sont jeté un coup d'œil paniqué, du genre : « Elle nous a grillés, c'est sûr, tu crois pas ? »

Pas besoin d'avoir un QI hors norme pour deviner que ces deux-là n'étaient plus seulement des amis.

Un bon agent secret doit savoir agir sans avoir à réfléchir. Par automatisme. Alors, j'ai souri. Continué à respirer. Fait comme si de rien n'était, même quand j'ai entendu la voix de M. Solomon dans mon oreillette :

— Mademoiselle Morgan, à vous de jouer.

— On est... a commencé DeeDee. Enfin... je veux dire... Je suis... (Elle avait visiblement perdu l'habitude de parler à la première personne du singulier et tentait de le cacher. Une preuve de plus qu'ils étaient ensemble.) Je fais partie du comité chargé d'organiser la prochaine fête foraine. Il y aura une danse écossaise. Et tu sais... c'est du boulot...

Elle avait vraiment l'air mal à l'aise, la pauvre.

— Josh m'aide à collecter les prix de la loterie. Pour la danse. C'est vendredi soir et...

Elle aurait pu continuer à déblatérer comme ça longtemps – ce n'est pas moi qui l'en aurais empêchée – mais elle n'en a pas eu l'occasion.

— Cammie, t'es là.

Zach s'est planté devant nous, a regardé Josh, puis DeeDee, avant de se tourner vers moi.

— Je me demandais où t'étais passée. (Il a tendu la main à Josh.) Moi, c'est Zach.

DeeDee l'a dévisagé un instant, puis m'a lancé un clin d'œil malicieux, comme si elle trouvait cette petite réunion très excitante !

Josh, lui, ne semblait pas de son avis, au contraire. Son regard passait de Zach à moi avec la même expression que je lui avais vue devant ses devoirs de chimie. Il paraissait se creuser en vain les méninges pour trouver la réponse à un problème.

— Zach, voici DeeDee, ai-je déclaré, et Josh. Ce sont...

Pas moyen de trouver une définition adéquate.

— On est des amis de Cammie, est intervenue DeeDee.

— Zach et moi... on est... ai-je dit sans pouvoir non plus finir ma phrase.

— On va dans le même lycée, m'a aidée celui-ci.

Il n'a même pas eu besoin de mentir.

— Ah bon ? s'est étonnée DeeDee. Je croyais que c'était réservé aux filles...

— Mon lycée fait un échange avec la Gallagher Academy ce semestre.

Et là – je vous jure que c'est vrai – Zach a glissé sa main dans la mienne !

— Oh, je vois.

DeeDee a posé ses yeux écarquillés sur Zach, puis sur moi, et enfin sur nos doigts enlacés.

— C'est cool ! s'est-elle exclamée.

Elle avait l'air sincèrement ravie.

J'ai observé Zach en essayant de le voir à travers le regard de DeeDee. Avec ses épaules musclées, j'aurais pu trouver pire comme couverture. Et, quand on se retrouve nez à nez avec son ex et sa nouvelle petite amie, ce n'est pas une mauvaise chose d'être bien accompagnée. Mais, quand même, j'avais l'impression que ce n'était pas sa main à lui que j'aurais dû tenir.

— Cammie, a dit doucement Zach. Il faut y aller. La camionnette part dans dix minutes. (Il a adressé un signe de tête à Josh et DeeDee.) Content de vous avoir rencontrés.

— Nous aussi, a répliqué celle-ci.

Josh, lui, a regardé Zach s'éloigner sans un mot. Mon coéquipier avait déjà disparu quand je me suis rendu compte que la pièce n'était plus dans ma main…

— Bon, bah, je vais vous laisser à votre organisation, ai-je conclu en commençant à m'éloigner.

— Tu sais, t'es la bienvenue, a déclaré Josh. C'est vendredi. Toute la ville sera là.

— Et tu peux venir avec Zach, si tu veux, a ajouté DeeDee.

— Peut-être. Ça pourrait être sympa.

Sauf que je n'en pensais pas un mot.

Me retrouver coincée à une fête entre Josh, DeeDee et Zach aurait été une vraie torture. Mais, évidemment, je ne pouvais pas leur avouer ça. Alors j'ai souri. Et j'ai menti. Encore une fois.

AVANTAGES ET INCONVÉNIENTS
D'AVOIR LE CŒUR BRISÉ
QUAND ON EST UNE ESPIONNE

Avantage 1 : Vous avez une bonne raison de vouloir frapper la personne qui vous fait face. De toutes vos forces.

Inconvénient : Votre adversaire peut être plus agressif que vous (surtout quand il s'agit de Bex).

Avantage 2 : Les murs qui encerclent votre école et les mesures de sécurité draconiennes réduisent fortement les chances d'aller retrouver votre ex et sa petite amie. Ce qui peut vous éviter de vivre une situation extrêmement gênante.

Inconvénient : Votre mémoire d'éléphant vous empêche d'oublier la vue de l'heureux couple ensemble.

Avantage 3 : Vous n'avez aucun mal à fourrer les mots doux de votre ex dans un sac pour en faire plus tard un feu de joie.

Inconvénient : Finalement, vous vous rendez compte que ce n'est pas si facile de vous en débarrasser.

Avantage 4 : Peu importe, de toute façon. Vous savez que vous pourrez toujours compter sur vos amies.

— Quelle peste ! s'est emportée Bex le soir, pendant qu'on descendait l'escalier toutes les quatre pour aller dîner.

— Mais non, c'est pas une peste, ai-je répliqué.

— Évidemment, toi, tu peux pas la détester, ce serait mesquin, a remarqué Liz. Mais nous, si.

Le problème, c'est que DeeDee n'est pas le genre de fille qu'on déteste facilement. C'est vrai, quoi. Comment on peut haïr quelqu'un qui dessine des petits cœurs sur chacun de ses *i* ? (Pour preuve, le mot qu'elle avait écrit à Josh et qu'on avait trouvé dans sa poubelle à lui.) Qui porte des gants roses ? Et qui invite l'ex de son petit ami à une fête alors qu'elle n'y est vraiment pas obligée ? Personne ne peut la détester. Et c'est ça qui est le plus détestable chez elle.

Les couloirs étaient presque vides, et de délicieuses odeurs de nourriture montaient du Grand Hall.

— On pourrait lui envoyer un tas de faux PV, pour lui apprendre, a proposé Macey.

— Arrête ! ai-je protesté.

— Ça te soulagerait, tu sais. Et moi aussi.

Mais rien ne pouvait me soulager.

— Tu pourrais aller à la fête pour qu'il comprenne bien ce qu'il a perdu, a suggéré Bex.

C'était vraiment la dernière chose à faire, parce que A) j'avais promis sous serment que je ne sortirais plus du manoir sans permission, B) si je désobéissais, je devrais emmener Zach pour me servir de cavalier – et ça, c'était hors de question, C) je n'avais rien à me mettre qui puisse rivaliser avec une robe rose !

J'allais lui lister un à un ces trois arguments quand j'ai réalisé un truc.

— Attends. Comment tu sais, à propos de la fête ?

— Cammie. T'étais sur écoute.

Oh, mon Dieu !

Comme si ce n'était pas assez d'avoir enduré cette conversation traumatisante, j'avais en plus parlé dans un micro. Ce qui voulait dire que tous mes camarades m'avaient entendue… Que M. Solomon m'avait entendue… Et que le docteur Steve lui-même m'avait entendue…

Et dire que j'avais cru pouvoir me rattraper aux yeux des garçons de Blackthorne. Et maintenant, tout le monde savait que je m'étais fait repérer par mon ex… et sa copine…

Sans mes trois amies, je n'aurais jamais pu trouver la force de me traîner jusqu'au Grand Hall et de rester jusqu'au dessert.

Ensuite, je suis allée rôder dans les couloirs comme une âme en peine, résistant à la tentation d'emprunter un des passages secrets. Mais, quand je me suis retrouvée devant la tapisserie qui représente l'arbre généalogique de la famille Gallagher, j'ai eu très envie de me glisser derrière pour disparaître dans le couloir.

Et je l'aurais fait, si une voix n'avait pas affirmé derrière moi :

— J'ai comme l'impression que je n'ai pas eu droit à une visite complète des lieux...

Zach me fixait. Je ne savais pas ce qui était le plus effrayant. Le fait que j'aie été assez distraite pour ne pas l'entendre arriver, ou qu'il soit assez fort pour marcher à pas de loup.

— Alors, qu'est-ce que t'en dis ?

Il s'est avancé vers moi et a soulevé la tapisserie pour y jeter un œil.

— Est-ce que c'est le moment de me montrer comment tu t'y es prise pour t'échapper d'ici ?

— Comment tu sais... ?

— T'oublies que je suis un espion...

Il s'est appuyé d'une épaule contre le mur, la tête légèrement inclinée.

— C'était pour voir Jimmy ?

— Josh.

— Peu importe. Il est plutôt beau gosse.

Même si c'est la pure vérité, je doutais sérieusement de la sincérité de Zach.

— Qu'est-ce que tu me veux ? Si c'est pour te moquer de moi, eh ben, vas-y, ne te gêne pas.

Il m'a observée un long moment avant de lancer :

— C'était bien mon intention... mais tu viens de tout gâcher.

— Désolée.

J'ai essayé de m'éloigner, mais il m'a barré la route.

— Hé, attends ! Pourquoi tu joues à cache-cache, aujourd'hui ? Ça ne va pas ?

J'avais l'impression de découvrir soudain un autre Zach. Est-ce qu'il bluffait ou est-ce qu'il était honnête, pour une fois ?

— Je vais très bien. Si tu veux tout savoir, j'ai déjà zappé cette histoire avec Josh.

— C'est faux. Mais tu t'en remettras bientôt.

Le dimanche soir, en allant rendre visite à ma mère dans son bureau, je me demandais quand les choses allaient s'arranger pour moi. Josh n'avait pas été mon petit ami très longtemps, et pourtant c'était comme si j'avais passé ma vie à essayer de l'oublier. Enfin… du moins la moitié des vacances d'hiver. Et maintenant, voilà que l'Academy entière était au courant ! Ce qui signifiait que j'allais devoir traîner cette histoire un bon bout de temps encore !

Ma mère est apparue sur le seuil de son bureau.

— Comment vas-tu, ma chérie ?

— Bien.

L'inconvénient, quand on a une mère agent secret, c'est qu'elle sait tout de suite quand vous mentez – même à vous-même.

La porte s'est refermée sur nous.

— Je vois bien que quelque chose te tracasse.

J'aurais pu prétendre que ce n'était rien. Que j'allais même plutôt bien pour quelqu'un qui s'était fait réveiller à 6 heures du matin, un dimanche, par une certaine Eva qui voulait emprunter son fer à friser à Macey. Mais ma mère n'était pas dupe, alors je me suis lovée contre les coussins du canapé en cuir et j'ai avoué :

— J'ai vu Josh.

— Je sais.

Évidemment qu'elle savait. Elle devait même avoir l'enregistrement audio de mon supplice…

Elle s'est assise à côté de moi.

— Ce n'est pas un mal que tu sois tombée sur lui.

Ah oui ?

— Même quand on administre un thé à un suspect, certains souvenirs peuvent se réveiller. Josh t'a vue et t'a parlé sans qu'on décèle quelque chose d'anormal dans son attitude. Ce qui signifie qu'il ne se souvient pas de t'avoir suivie pendant ton examen d'opérations secrètes. Ni d'être venu ici. Pour lui, notre établissement est une école privée ordinaire. Nous n'avons donc plus rien à craindre de lui.

Et moi, j'avais maintenant une certitude : Josh ne connaîtrait jamais la vérité.

Ça m'a fait un choc incroyable – et pourtant, j'en ai reçu des tas. J'étais peut-être dingue de penser qu'un jour Josh larguerait DeeDee en se rappelant soudain qui j'étais vraiment – et en m'aimant malgré tout. J'étais peut-être dingue, mais c'était mon rêve. Et je n'avais pas envie de le voir s'évanouir.

— Je sais que c'est dur pour toi, a repris ma mère. Et j'ai pensé que ça te ferait du bien de te changer les idées.

Elle s'est avancée vers son bureau pour en sortir une grande boîte ornée d'un beau ruban bleu.

C'est sûr, ce cadeau ne ressemblerait à aucun de ceux qu'elle m'avait offerts jusqu'à présent – genre un exemplaire dédicacé du *Guide de l'espion à Moscou.*

— Ouvre. Je pense que ça t'ira.

J'ai dénoué le ruban, que j'ai laissé tomber par terre, puis j'ai enlevé le couvercle et les couches de papier qui recouvraient le contenu.

— Une robe !

Sauf que ce n'était pas une simple robe. Elle était rouge, très longue et… sans bretelles ! Ça n'a sans doute rien d'extraordinaire pour une mère d'offrir ce type de vêtement à sa fille, par exemple pour un bal de fin d'année. Mais, de la part de la mienne, ça l'est. La preuve : la dernière fois qu'elle en a porté une, c'était pour un réveillon de nouvel an sur le yacht d'un trafiquant d'armes…

— Elle est magnifique.

Ma mère est allée mettre des burritos dans le micro-ondes.

— Je suis contente qu'elle te plaise. Je suis sûre qu'elle t'ira comme un gant…

Ça, j'en doutais, mais ce n'était pas le moment de le faire remarquer.

— Quand tu la mettras, d'ici une semaine ou deux…

J'ai contemplé la robe. L'événement qui m'attendait devait être drôlement important pour exiger une tenue pareille.

CHAPITRE 15

La Gallagher Academy m'avait préparée à un tas de choses, mais pas à porter une robe bustier. Rouge, qui plus est.

Ma mère semblait avoir oublié qu'on m'avait surnommée le Caméléon. Et que les caméléons ne sont pas censés se promener dans de longues robes virevoltantes.

— Qu'est-ce qui se passe ? m'a demandé Zach le lendemain matin, pendant qu'on se dirigeait vers la salle de Mme Dabney. T'as l'air… nerveuse.

Il l'aurait été, lui aussi, s'il avait entendu la théorie de Bex. Elle était convaincue qu'on allait devoir neutraliser un groupe de terroristes pendant un bal de lycéens. D'où la robe.

— Chères demoiselles… et chers messieurs ! s'est exclamée Mme Dabney.

La lumière du soleil qui filtrait par la fenêtre lui faisait comme une auréole. Il ne manquait plus que le son d'une harpe pour parfaire le tableau…

— De toute ma carrière d'enseignante, je n'aurais jamais cru avoir un jour la chance d'organiser un événement aussi exceptionnel.

Eva et Tina ont enfin détourné les yeux des bras musclés de Grant.

— Je veux parler de la soirée de vendredi, où tous les élèves de la Gallagher Academy sont conviés, et qui tiendra lieu d'examen.

Notre professeur s'est arrêtée une seconde, attendant peut-être un tonnerre d'applaudissements… qui n'est pas venu.

— Un bal ! a-t-elle insisté. Il va y avoir un bal !

Tandis que Tina restait bouche bée, les yeux de Liz sont devenus grands comme des soucoupes. La perspective de passer un examen *et* de porter des talons hauts, sans doute. Jonas, quant à lui, a dégluti avant de devenir aussi rouge que la robe, dans mon placard. Celle que j'allais devoir mettre… pour passer un examen !

D'ailleurs, il devait y avoir erreur sur la personne. C'est Bex qui aurait dû porter ce vêtement pendant que, moi, je ramperais dans un conduit d'égout infesté de rats, par exemple, pour m'introduire dans l'ambassade de Russie.

Les rongeurs, même les gros, ne me posent pas de problème. Mais j'ai plus de mal avec les soutiens-gorge sans bretelles.

— Demain, à cette heure-là, vous serez en train d'essayer des robes de soirée ou des smokings. L'examen de vendredi portera sur tout ce que vous avez appris jusqu'à présent. Y compris la danse.

Je suis sûre que les autres filles ont surtout retenu ce dernier mot. Mais moi, je voyais d'abord dans cet événement l'occasion d'une belle revanche.

Le plus difficile à supporter quand on part en mission, ce n'est pas la peur de l'inconnu. C'est l'attente. Et, apparemment, je n'étais pas la seule à trouver le temps long. Parce que, la semaine suivante, il n'y a jamais eu autant de rumeurs dans les couloirs. Du style :

Le chef Louis allait servir des canapés empoisonnés, et il faudrait trouver vite fait des antidotes si on ne voulait pas mourir. FAUX.

Les filles de cinquième détestaient Macey depuis que tous les garçons de leur classe étaient amoureux d'elle. VRAI.

La torture à la cire dépilatoire est interdite par les gens de l'ONU. FAUX. (Mais les cris de douleur venant de la salle de bains de Tina devraient les faire réfléchir.)

Le vendredi, on ne pouvait pas se promener dans les couloirs sans entendre une conversation où il était question d'épingles à cheveux. Qui, pour une fois, ne serviraient pas à forcer une serrure ou à tuer un adversaire.

— Arrête de bouger ! m'a ordonné Macey en m'immobilisant la tête.

C'est vrai que l'eye-liner peut devenir une arme redoutable dans les mains de quelqu'un d'un peu nerveux…

Mais comment laisser docilement Macey m'appliquer du maquillage quand j'aurais pu utiliser l'heure qui nous restait avant le bal pour réviser mes cours ? Mes amies semblaient avoir oublié que l'examen pouvait tomber sur n'importe quelle matière. Et que c'était sans doute ma seule chance de me racheter avant longtemps.

De toute façon, comment aurais-je pu ouvrir un livre alors que Liz me tirait les cheveux dans tous les sens et que Macey me tenait de longs discours sur l'état de ma peau ? En voyant Bex coudre l'un des pare-balles du docteur Fibs dans son Wonderbra à la place des coussinets de rembourrage, j'ai réalisé un truc. La vie d'espion, ce n'est pas évident tous les jours. Et c'est parfois difficile d'être une fille. Alors vous imaginez ce que c'est d'être à la fois un agent secret *et* une fille ?

Il n'était pas loin de 19 heures. Dans le couloir, on a entendu Anna hurler : « J'ai l'air grosse, là-dedans ? » – alors qu'elle ne pèse pas plus de quarante-cinq kilos. Quant à moi, malgré tous les examens qu'on avait déjà passés, je ne me sentais pas du tout prête. Vraiment pas.

— Quelqu'un peut m'aider à remonter ma fermeture éclair ? a crié Eva en courant aussi vite que le lui permettaient ses talons hauts.

Je me suis enfin décidée à enfiler ma robe, consciente que l'heure fatidique approchait. L'heure d'arrêter de me cacher – et d'oublier que, à quelques kilomètres de là, d'autres lycéens se préparaient à un tout autre genre de soirée.

Je n'avais jamais réalisé à quel point nos uniformes nous faisaient paraître identiques avant ce soir-là. Dans le Grand Hall, les robes de toutes les couleurs et de toutes les formes rendaient les différences de taille et de morphologie flagrantes.

— Vous êtes absolument adorables, mesdemoiselles, nous a complimentées Mme Dabney avant de se tourner vers le professeur Buckingham. Vous ne trouvez pas, Patricia ? J'aurais dû penser à prendre mon appareil photo. Je devrais peut-être aller le chercher… Oh, mais non… Il y en a un dans cette broche.

Elle a fait signe à Bex et à Macey de se rapprocher, puis a appuyé sur le minuscule bouton de son bijou, lequel retenait une écharpe en soie transparente.

Tout le monde a souri. Effectivement, mes amies étaient vraiment belles dans leurs tenues. Bex avait choisi une longue robe noire qui découvrait son dos musclé. Liz, toute de rose vêtue, avait l'air d'une fée, et Macey d'un top model, comme d'habitude, malgré la simplicité de sa tenue et de sa coiffure.

Les portes se sont ouvertes pour laisser entrer des types chargés de l'entretien. On leur avait sans doute demandé de nous accompagner pour grossir un peu le rang des garçons. Mais laissez-moi vous dire que leurs costumes les mettaient beaucoup moins en valeur que les smokings de nos camarades de Blackthorne.

Au moment où trois cinquième se ruaient sur Macey pour la supplier de leur réserver une danse, une voix a retenti derrière moi.

— Eh ben… a commencé Zach en me toisant des pieds à la tête. T'es pas laide, comme ça.

C'était censé être un compliment, j'imagine. Mais j'avais quand même un doute. Malheureusement, Macey était trop occupée pour me venir en aide, et j'ai dû me passer de ses lumières.

— T'es pas mal non plus, ai-je répliqué du tac au tac.

Ça alors, je rêvais ou il souriait ? Était-il possible que, Zach Goode et moi, on partage un instant de complicité en tenue de soirée, juste avant une mission secrète ?

Je n'ai pas eu le temps de réfléchir plus longtemps à cette épineuse question, parce que mon talon s'est coincé dans l'ourlet de ma robe. Au prix d'immenses efforts, j'ai pu éviter la chute… et empêcher de justesse le contenu de mon bustier de s'échapper…

— Reste avec moi, a dit Zach en me saisissant le bras, que j'ai retiré aussitôt.

— Je n'ai besoin de personne pour descendre les escaliers ! Ni pour l'envoyer rouler sur les marches…

Par malheur, Mme Dabney passait justement par là.

— Une jeune fille doit toujours accepter le bras que lui offre un gentleman, ma chère Cameron, a-t-elle commenté.

Vu comme ça, je n'avais pas le choix… d'autant que Mme Dabney nous mitraillait avec sa broche. J'ai donc laissé Zach me reprendre le bras et m'entraîner dans l'escalier.

L'examen ne semblait pas le rendre nerveux. Au contraire, il affichait ce sourire énigmatique que je lui avais déjà vu.

— Arrête.

— Quoi ? a-t-il demandé d'un air innocent.

— Pourquoi tu souris comme ça ? Je ne vois pas ce qu'il y a de drôle.

— Ça l'est, pourtant. Tu devrais te lâcher un peu, tu sais.

Il avait peut-être raison. Après tout, le Grand Hall n'avait jamais été aussi sublime. Des bouquets d'orchidées, de lilas et de roses étaient posés sur de petites tables rondes aux quatre coins de la salle. Un quatuor à cordes jouait du Beethoven. Des serveurs déambulaient avec des plateaux couverts de canapés presque trop beaux pour être mangés. Bref, on n'avait plus du tout l'impression d'être dans un lycée. Du coup, je commençais presque à penser que danser dans une robe rouge pourrait être amusant… jusqu'à ce que M. Solomon déboule avec une pile de dossiers sous le bras et un air sérieux qui m'ont rappelé qu'on était surtout là pour passer un examen.

— Bonsoir, mesdemoiselles, bonsoir, messieurs. Vous êtes tous très élégants, ce soir, mais j'ai bien peur qu'il ne manque quelque chose à votre tenue.

Heureusement que M. Solomon est un agent secret hors pair, parce que, à ce moment-là, il y avait de quoi se faire du souci pour sa sécurité. Il semblait ignorer qu'on ne dit pas un truc pareil à une horde de filles qui ont passé des heures à s'épiler, se coiffer, se pomponner et se maquiller…

— Nous avons apparemment oublié de mentionner qu'il s'agit d'un bal costumé.

Il n'en fallait pas plus pour que tout le monde cède à la panique.

— Mais… a gémi Courtney. On n'a pas de masques… ni de déguisements…

— Les voici, mademoiselle.

Il nous a tendu la pile de dossiers.

— Ce sont vos couvertures. Vous avez trois minutes pour les mémoriser dans les moindres détails.

Liz a aussitôt brandi la main.

— Oui, même vous, mademoiselle Sutton, a déclaré M. Solomon avec un sourire. Les espions doivent savoir jouer la comédie à la perfection. Ce soir, votre mission est simple : vous devez entrer dans la peau de quelqu'un d'autre. Et n'oubliez pas que c'est un examen. Vous devez vous servir de toutes vos connaissances – culturelles, linguistiques – sans oublier votre sens de l'observation.

J'ai saisi dans la pile le dossier qui me concernait. S'y trouvaient un permis de conduire, une carte de sécurité sociale et un passeport à mon nom.

J'ai découvert que j'étais censée m'appeler Tiffany St. James, assistante du sous-secrétaire du ministère de l'Intérieur…

C'était bien la peine de m'être juré de rester moi-même !

CHAPITRE 16

Ce soir-là, le Grand Hall résonnait des quatorze langues qu'on avait apprises. Chaque fois que je me tournais, j'entendais quelqu'un prétendre venir d'un pays dont M. Smith nous avait parlé. Bref, pendant que la vaisselle en porcelaine s'entrechoquait sur fond musical, les conversations allaient bon train. Et pourtant, ce n'est pas évident de feindre d'être quelqu'un d'autre en face de gens qu'on connaît.

Tiffany St. James, par exemple, était censée savoir très bien danser. Ce qui n'est pas mon cas. Alors, quand j'ai commencé à arpenter la piste au bras du docteur Steve, j'ai eu l'impression que toute l'école avait les yeux fixés sur moi.

— Mademoiselle Morgan, vous êtes ravissante, a déclaré mon cavalier.

Il m'en fallait plus pour tomber dans le piège.

— Désolée. Vous devez me confondre avec quelqu'un d'autre. Je m'appelle Tiffany St. James.

— Excellent, mademoiselle Morgan… Je veux dire, mademoiselle St. James, a répliqué le docteur Steve. Vraiment excellent.

Comme si mon malheur ne suffisait pas, Zach, pendant ce temps, tournoyait avec Liz, un sourire jusqu'aux oreilles, sans me quitter du regard.

— J'ai reçu le prénom de ma grand-mère... débitait mon amie. Je suis végétarienne... et...

Zach a éclaté de rire.

Je n'ai pu m'empêcher de penser à Josh et à DeeDee, qui devaient danser en ce moment même dans un gymnase plein de banderoles... Tout le monde semblait plutôt à l'aise dans son rôle... sauf moi. Et si je n'arrivais jamais à entrer dans la peau de Tiffany St. James, l'assistante du sous-secrétaire du ministère de l'Intérieur ?

Courtney incarnait une princesse d'un petit pays d'Europe. Du coup, Sa Majesté Sérénissime exigeait de danser exclusivement avec Grant. Celui-ci jouait un play-boy qui devait un tas de fric à la mafia russe et essayait de se cacher de Kim, la fille illégitime d'un truand. Ce qui, soit dit en passant, tombait mal pour Kim, parce que ça faisait une semaine qu'elle attendait l'occasion de danser avec lui...

Bex virevoltait au bras de Chewing-gum, le vigile, pendant qu'un cinquième draguait ouvertement Macey, près du bar.

Toutes les cinq minutes, M. Solomon arrêtait quelqu'un pour lui poser des questions du genre : « Quatre hommes portent des pochettes à leur veste dans cette pièce. Lesquels ? » Alors je restais aux aguets, à observer tout ce qui se passait autour de moi. Du coup, impossible de louper le fait que Zach dansait avec tout le monde. Y compris ma mère – qui se faisait passer pour la Première dame d'Allemagne.

— Tiffany, vous êtes là ! a crié une voix.

M. Mosckowitz, mon professeur de langage codé, arrivait en courant vers moi. Le pauvre, il n'a aucune expérience du terrain, vu qu'il a passé presque toute sa vie à déchiffrer des codes dans les sous-sols de la NSA. Je n'ai donc pas été étonnée de le voir se pencher vers moi en chuchotant avec maladresse :

— Cammie, je suis censé être votre patron. Le sous-secrétaire de...

— Bien sûr, monsieur le sous-secrétaire, l'ai-je interrompu avant que quelqu'un ne nous entende et qu'on n'ait des ennuis, tous les deux.

J'ai résisté à la tentation de le complimenter sur sa fausse moustache. Il a souri, et je me suis dit que se glisser dans la peau de quelqu'un d'autre, pour une fois, devait beaucoup lui plaire.

— Avez-vous reçu les notes que je vous ai fait transmettre, Tiffany ? a-t-il demandé en essayant d'avoir l'air d'un boss.

Et il aurait été presque crédible s'il n'avait pas eu du caviar sur la moustache...

— Oui, monsieur le sous-secrétaire.

Ça y est, je commençais à entrer dans mon personnage !

— Alors, est-ce que vous vous amusez bien ? a-t-il voulu savoir.

— Je suis sûr que oui, a répliqué quelqu'un.

Zach venait vers nous, un verre dans chaque main.

— Je vous prie de m'excuser, monsieur le sous-secrétaire, a-t-il lancé en lui en tendant un. Vous aviez bien demandé un cocktail ?

M. Mosckowitz a tortillé sa moustache, si bien qu'elle s'est à moitié décollée. Il s'est empressé de la remettre en place.

— Oh... euh, oui. Merci, mon brave, a-t-il conclu d'un ton très british.

Ma mère se tenait dans un coin, et j'ai été tentée un moment de lui adresser un petit coucou. Le problème, c'est que Tiffany St. James ne connaissait pas cette belle femme à l'air soucieux.

— Monsieur le sous-secrétaire, a repris Zach, me permettez-vous de vous emprunter Tiffany ?

— Bien sûr.

Il a posé son verre sur le plateau d'un serveur, puis m'a entraînée vers la piste de danse.

Le plus difficile, quand vous adoptez une fausse identité, c'est que vous devez aimer ce que votre personnage aime, manger ce qu'il mange. Et Tiffany St. James adore danser. Du coup, je ne pouvais pas refuser l'invitation de Zach Goode. Après tout, une élève de la Gallagher Academy doit être prête à sacrifier sa vie, s'il le faut…

Perchée sur mes talons inconfortables, j'avais les yeux à la hauteur du cou de Zach. Il avait posé une main ferme dans mon dos, et sentait un parfum… très différent de celui du docteur Steve. Ce qui n'était pas une mauvaise chose en soi.

— Alors, dites-moi, Tiffany St. James, à quoi une fille comme vous aime-t-elle occuper son temps libre ?

— Je ne vous ai jamais dit que je m'appelais Tiffany St. James. Comment connaissez-vous mon nom ?

— Oh, a-t-il répliqué en haussant un sourcil. C'est que je me fais toujours un honneur de connaître le nom…

Il m'a serrée un peu plus fort contre lui.

— … des belles jeunes femmes que je croise.

Il jouait vraiment bien le gentleman cambrioleur qu'il était censé être.

Soudain, il m'a renversée en arrière.

— Allez, détendez-vous un peu, a-t-il ajouté.

À quelques mètres de là, Mme Dabney a griffonné quelque chose sur son bloc-notes avec un sourire.

Mais pas moyen de me détendre… parce que j'avais un gros problème, tout à coup.

— Hé ! a lancé Zach.

On s'est arrêtés de danser, et il m'a secouée légèrement. Sa voix avait repris son intonation habituelle quand il m'a demandé :

— Cammie ? Ça va ?

Non, ça n'allait pas du tout.

L'attache de mon soutien-gorge – sans bretelles, je vous le rappelle – s'était défaite. Et il commençait à glisser…

Quelques heures plus tôt, je pensais qu'il n'y avait rien de plus humiliant que de me retrouver nez à nez avec mon ex et sa nouvelle petite amie… Puis de devoir être secourue par un espion plus fort que moi… Et enfin, de découvrir que toute ma classe ainsi que deux de mes professeurs avaient entendu notre conversation…

J'avais tort.

La chose la plus humiliante du monde, c'était non seulement d'avoir dû subir tout ça, mais, en plus, de sentir mon soutien-gorge fiche le camp pendant que je dansais avec l'espion en question !

La catastrophe était imminente. Encore une pirouette et elle allait se produire.

— Je dois y aller, ai-je lâché alors que mon cavalier me tenait toujours par la taille, les yeux plongés dans les miens.

— Mademoiselle Morgan ! a crié Mme Dabney pour me rappeler à l'ordre.

Je me suis tournée vers Zach.

— Enfin… je veux dire. Voulez-vous bien m'excuser ?

Mais il avait surtout l'air de vouloir savoir ce qui n'allait pas. Il m'a retenue par la main.

— Merci beaucoup pour cette danse, ai-je conclu avant de me dégager.

Mon soutien-gorge dégringolait un peu plus à chaque pas, mais ça aurait pu être pire : la robe aurait pu se faire la malle, elle aussi…

Liz s'avançait vers moi.

— Bonsoir, je ne crois pas qu'on ait été présentées. Je m'appelle Maggie McBrayer, je suis végétarienne et…

— C'est pas trop le moment, Liz, ai-je soufflé en passant devant elle à toute allure.

J'ai longé un groupe de filles de cinquième, qui fusillaient du regard Macey parce que Mme Dabney l'avait obligée à danser avec un type de leur classe.

Après avoir été arrêtée par M. Solomon, qui m'a demandé quels invités, selon moi, étaient susceptibles de dissimuler des armes sous leurs vêtements, j'ai foncé vers l'escalier qui mène à ma chambre. Malheureusement, le professeur Buckingham a refusé de me laisser monter et j'ai dû me rabattre sur les toilettes du rez-de-chaussée.

Manque de bol, le docteur Steve, désireux d'engager la conversation, s'y est mis lui aussi en me barrant l'accès aux toilettes. Pendant ce temps, mon soutien-gorge continuait de descendre vers ma taille… J'ai coupé court à son monologue et me suis faufilée dans un couloir désert pour rejoindre le cœur du manoir.

Le brouhaha du bal s'est progressivement atténué, et j'ai fini par ne plus entendre que le bruit de mes pas. Enfin seule ! Ou plutôt… non.

Zach était adossé au mur, en face de moi. On s'est dévisagés sans un mot, l'espace d'un instant, et j'ai vu une lueur étrange passer dans ses yeux.

— Je savais que je te trouverais ici, a-t-il lancé.

Ça, ce n'était pas une bonne nouvelle. Parce que A) ça voulait dire que je suis prévisible, ce qui n'est pas franchement une qualité pour un espion, et B) mon soutien-gorge, que je sentais battre contre ma cuisse, n'allait pas tarder à tomber carrément par terre. L'attache devait s'être prise dans une maille de mon collant, et il ne tenait plus à grand-chose. (Note à moi-même : trouver pourquoi la Gallagher Academy est capable de fournir des anoraks qui se transforment en parachutes, et pas des soutiens-gorge qui tiennent en place le temps d'une soirée.)

— Qu'est-ce que tu fais là ? ai-je lâché.

— Je te cherchais.

— Comment tu m'as trouvée ?

Il ne pouvait pas savoir que j'étais là pour me débarrasser de mon sous-vêtement et le planquer derrière la tapisserie des Gallagher. Mais bon, mieux valait s'en assurer.

— C'est là que t'es venue l'autre jour, quand t'as eu ton coup de blues, et j'en ai déduit que tu te réfugies ici chaque fois que ça ne va pas.

Il s'est approché, les mains dans les poches. D'après mon manuel sur le langage corporel, c'est l'attitude typique de quelqu'un qui essaie de vous mettre à l'aise. Eh bien, c'était raté me concernant, vu qu'il n'y a pas grand-chose, chez Zach, qui puisse me mettre à l'aise.

Et pourtant, ce ne sont pas les qualités qui lui manquent. Il est beau. Il est baraqué. Et surtout, même si Josh a été le seul garçon à m'avoir remarquée, Zach connaît mes passages secrets préférés ; il sait que je suis un caméléon, où je m'assieds en cours et qui sont mes meilleures amies. Bref, la vraie Cammie n'a pas beaucoup de secrets pour lui.

Cette prise de conscience était plutôt effrayante, avouez-le ! À tel point que je me suis retrouvée dans un état second, à balader mes doigts sur ma hanche sans m'en rendre compte, jusqu'à ce que Zach me demande :

— Qu'est-ce que tu fabriques ?

J'ai vite retiré ma main… et mon soutien-gorge est tombé par terre.

Mais je n'ai pas eu le temps de paniquer. Ni de me dire que j'allais devoir rester plantée là le reste du semestre, à moins que Zach ne décide de s'en aller avant. Parce qu'une sirène s'est mise à hurler, et une voix mécanique a lancé dans les haut-parleurs :

— Alerte Noire. Alerte Noire. Alerte Noire.

Puis la lumière s'est éteinte.

CHAPITRE 17

À côté de moi, la tapisserie représentant l'arbre généalogique des Gallagher a glissé lentement sur le mur vers une fente imperceptible entre les pierres, où elle s'est engouffrée.

Le couloir n'était plus éclairé que par les rayons de la lune… jusqu'à ce qu'une plaque en acier vienne obstruer la fenêtre, nous plongeant dans l'obscurité.

En cas d'Alerte Noire, les élèves sont censés regagner leur chambre. Mais rien ne semblait normal ce soir-là, alors j'ai attrapé la main de Zach pour l'entraîner vers le Grand Hall aussi vite que possible, sur mes talons hauts.

Quand on est passés devant les poubelles contenant les déchets à recycler, l'une d'entre elles, marquée de l'inscription « Documents top secret à détruire », s'est aussitôt enflammée.

Le distributeur de friandises qui cache un accès au laboratoire scientifique a disparu sous terre, avant que des pierres identiques à celles du couloir le recouvrent.

Puis les lanternes accrochées au plafond se sont allumées une par une, jetant une pâle lueur autour de nous.

— Je croyais qu'elles étaient là pour décorer, a crié Zach pour couvrir les hurlements de la sirène.

— C'est le cas, quand tout va bien.

— Ce qui veut dire…

Des hommes et des femmes de la sécurité nous ont dépassés au pas de course.

— Que quelque chose de grave est arrivé.

Pendant que les vitrines se volatilisaient derrière les murs et que les portes se fermaient à double tour, j'ai essayé d'expliquer tant bien que mal, à cause du bruit :

— C'est la règle en cas d'infraction. Tout est verrouillé, et rien ni personne ne peut plus entrer.

Tout à coup, des plaques en acier sont justement tombées du plafond et ont rendu inaccessible le couloir derrière nous.

— Et rien ni personne ne peut plus sortir.

En longeant la bibliothèque, j'ai vu *la salle entière* plonger sous terre, comme par magie.

— Ça arrive souvent ?

— Non.

Cette réponse n'avait rien de rassurant, au contraire.

Dans l'entrée principale, l'issue était barrée par une grille de métal ultrarésistant, du genre qui sert à fabriquer les navettes spatiales.

Je me suis précipitée vers le Grand Hall au moment précis où les sirènes se sont arrêtées. Un silence de plomb s'est abattu sur le manoir.

Soudain, les portes se sont ouvertes à toute volée, et une centaine de paires d'yeux ainsi qu'une dizaine de lampes torches se sont braquées sur moi. Je me suis protégé le visage avec mon bras en clignant des paupières. C'est là que j'ai réalisé que Zach avait lâché ma main. J'ai jeté un regard derrière moi. Il avait disparu.

— Mademoiselle Morgan ! s'est aussitôt exclamée Mme Buckingham. Peut-on savoir où vous étiez ? Je vous rappelle que vous êtes censée passer un examen dans cette salle, et que vous avez par conséquent commis une infraction de niveau 4. Alors, pourquoi n'êtes-vous pas restée ici, avec vos camarades ?

Avant que j'aie pu répondre, quelqu'un a appelé :

— Cameron !

J'ai levé la tête vers le balcon surplombant le Grand Hall, où ma mère se tenait.

— Monte tout de suite !

La Gallagher Academy est protégée non seulement par de hauts murs, mais aussi par un matériel très sophistiqué capable d'empêcher n'importe quelles ondes d'y pénétrer. Ou d'en sortir. Mais, ce soir-là, quelqu'un avait visiblement réussi à déjouer le système de sécurité… Vous comprenez pourquoi j'avais les jambes flageolantes en grimpant les marches.

Mme Dabney m'attendait en haut de l'escalier avec une lampe électrique, et laissez-moi vous dire que, d'après son expression, il ne s'agissait plus d'un simple examen.

Je me suis avancée dans la salle d'histoire. Pendant l'Alerte Rouge du semestre dernier, le contenu des vitrines avait changé pour quelque chose de plus conventionnel. Mais, cette fois, elles étaient tout simplement cloîtrées derrière des portes en métal. L'épée de Gillian avait atterri dans un coffre-fort. Je n'avais jamais vu le manoir sous ce jour, malgré mes quatre ans et demi passés à l'Academy. Et, même si je savais que l'Alerte Rouge nous protège des étrangers, tandis que l'Alerte

Noire se déclenche dans les cas plus graves, lors de tentatives d'intrusion, c'est seulement à ce moment que j'ai vraiment réalisé la différence.

— Cameron ! a de nouveau appelé ma mère.

Pas de « Cammie », ni de « ma chérie ». C'était vraiment mauvais signe. Je préférais encore entendre les sirènes hurler…

— Maman, j'ai rien fait, promis !

— Entre, s'est-elle contentée d'ordonner.

Sa bibliothèque avait été isolée par des panneaux en titane, et ses meubles de rangement avaient disparu sous le plancher, tandis que, dans un coin, la corbeille où elle jetait ses documents confidentiels fumait encore. Malgré ce décor inhabituel, je ne pouvais pas quitter ma mère des yeux. Parce que l'expression que je lisais sur son visage n'était ni de la déception ni de la colère. C'était de la peur – ce qui était bien pire. Assise à son bureau, elle semblait plus campée dans son rôle de directrice que dans celui de mère.

— Qu'est-ce qui se passe ? ai-je demandé, cédant à la panique.

— Avez-vous quitté le Grand Hall ce soir ?

J'ai sursauté en entendant la voix de M. Solomon derrière moi. Il se tenait contre la bibliothèque, les bras croisés.

— Je n'ai rien fait, ai-je répété.

— Cammie, a commencé calmement ma mère. Tu dois me dire pourquoi tu as quitté le Grand Hall.

À la limite, j'aurais pu lui parler de mon problème de soutien-gorge. Mais la présence de M. Solomon m'en empêchait.

— J'ai eu… euh… un souci vestimentaire.

— Oh, je vois, a commenté ma mère avec un hochement de tête.

— Et c'est pour ça que vous êtes partie ? m'a questionnée mon professeur sans chercher à entrer dans les détails de mon problème – heureusement pour moi. Où êtes-vous allée ? Qui avez-vous croisé ?

— Maman, ai-je lancé en essayant de croiser son regard dans la pénombre. Qu'est-ce que tout ça veut dire ?

Elle n'a pas répondu.

— Avez-vous essayé de sortir du manoir, mademoiselle Morgan ? a insisté M. Solomon.

— Non.

— Cammie, nous devons connaître la vérité. Je te promets que tu n'auras pas d'ennuis.

— Mais non ! Je n'ai pas essayé de sortir ! J'ai eu un problème avec ma robe, j'ai quitté la pièce et…

La suite, ils la connaissaient.

— Qu'est-ce qui se passe ? ai-je demandé une nouvelle fois.

Ma mère et mon professeur se sont regardés, puis celle-ci est venue s'asseoir à côté de moi.

— Cammie, sais-tu ce que le manoir contient ?

Bien sûr que je le savais. La Gallagher Academy est pleine à craquer de prototypes, de rapports de missions secrètes… Et surtout… le nom de toutes les élèves qui y ont séjourné y est caché.

— As-tu une idée de ce qui se passerait si des gens mal intentionnés avaient accès à ces informations ?

Mieux valait ne pas y penser. Parce que ça faisait froid dans le dos.

— Mademoiselle Morgan, vous étiez dans les couloirs avant l'alerte. Vous devez nous dire ce que vous avez vu et entendu exactement.

J'ai fermé les yeux et j'ai fini par déballer toute mon histoire dans les moindres détails.

— Vous avez vu Zach ?

— Oui. Il m'attendait. Demandez-le-lui, si vous ne me croyez pas.

Ma mère ne quittait pas des yeux M. Solomon.

— Maman... ai-je supplié d'une voix tremblante.

— Ne t'inquiète pas, ma chérie. Je te promets que tout s'est arrangé.

Elle m'a souri en me caressant le dos. Puis elle s'est levée et a ouvert la porte.

— Le manoir est parfaitement sécurisé, maintenant. C'était sans doute une fausse alerte.

Et, comme Rachel Morgan est la meilleure espionne que je connaisse, je me suis efforcée de la croire. Quand elle m'a serrée contre elle pour me souhaiter bonne nuit, j'ai essayé de balayer mes craintes.

J'ai jeté un dernier coup d'œil à M. Solomon. Il avait enlevé sa veste et desserré sa cravate. C'est sûr, maintenant la fête était bel et bien finie.

J'ai emprunté les couloirs déserts faiblement éclairés par les néons de secours. Les fenêtres étaient toujours recouvertes par des plaques d'acier. Contrairement à ce que j'avais imaginé, il n'y avait pas un seul élève qui courait dans tous les sens en lançant des théories plus folles les unes que les autres. Il n'y avait rien que le silence. Et, quand j'ai poussé la porte de ma chambre, mes amies m'ont accueillie sans un mot.

Au bout d'une éternité, Bex m'a demandé :

— Alors ? Qu'est-ce qu'elle te voulait, ta mère ?

Elles avaient échangé leurs belles robes contre des pyjamas, mais je voyais bien, à leurs têtes, qu'elles étaient tout sauf à l'aise, malgré leur tenue décontractée.

— Elle voulait savoir où j'étais et ce que j'avais vu.

J'ai enlevé mes chaussures à talons. Mes pieds ont enflé d'un seul coup.

— Et t'étais où ? a repris Bex.

Je leur ai tout raconté. Quand j'ai eu fini, j'étais sûre de deux choses : A) il fallait absolument que j'aille récupérer mon soutien-gorge à l'aube le lendemain et B) mes amies s'étaient attendues à une autre histoire.

Liz s'est redressée sur son lit.

— Donc, t'as pas cherché à te faufiler dehors pour aller rejoindre Josh à sa fête ?

— Bien sûr que non ! Je n'ai rien fait ! Vous savez très bien que je n'aurais jamais pris le risque de déclencher l'alarme !

— Évidemment ! a soufflé Bex.

— Tu ne vas pas avoir d'ennuis, alors ? a tenu à s'assurer Liz.

— Non.

— Tu dis que Zach a disparu ? a demandé Macey. Il n'était pas avec toi dans le bureau de ta mère ?

— Non.

— Cammie, a dit Liz d'une voix inquiète, qu'est-ce qui s'est passé, à ton avis ?

Mais tout ce dont j'étais capable, à ce moment-là, c'était de ramper dans mon lit et de m'enfouir sous ma couette.

— J'en sais rien, ai-je avoué.

C'est là que la lumière est revenue.

CHAPITRE 18

Je crois que la journée qui a suivi a été une des plus difficiles depuis que je suis à la Gallagher Academy. Et ce, pour un tas de raisons :

1) Même si on était samedi, personne ne dormait, et des filles sont venues bavarder devant notre porte à 7 heures du matin.

2) De toute façon, je ne serais jamais arrivée à trouver le sommeil.

3) Les cuisiniers avaient tellement mis les petits plats dans les grands, la veille, qu'on a juste eu droit à des céréales pour le petit déjeuner.

4) Avec les préparatifs du bal, qui avaient monopolisé tout le monde pendant une semaine, on avait un sacré retard sur nos devoirs.

5) J'ai eu un mal fou à me laver et à me démêler les cheveux le matin, vu la coiffure ultrasophistiquée que Liz m'avait faite la veille.

6) Même si nos profs nous avaient expliqué que les sirènes s'étaient déclenchées à cause d'un simple problème électrique, on chuchotait partout que c'était *moi* qui étais à l'origine de l'Alerte Noire…

Le manoir avait beau avoir repris son apparence ordinaire, j'ai compris que tout n'était pas rentré dans l'ordre dès que j'ai passé le seuil de la bibliothèque. Aussitôt qu'elles m'ont vue, les quinze filles qui s'y trouvaient se sont arrêtées net de parler.

Tina elle-même a lâché son livre et m'a regardée passer devant la cheminée pour rejoindre le coin de la bibliothèque consacré à la monnaie étrangère – le sujet du devoir à remettre à M. Smith. Pendant que je laissais courir mon doigt sur la tranche des livres, une voix a chuchoté, de l'autre côté du rayon :

— Évidemment qu'ils disent que c'est une fausse alerte !

Je me suis figée.

— Sa mère essaie juste de la couvrir.

J'ai eu l'impression que mon cœur allait lâcher.

— C'est pas la première fois…

J'ai l'habitude que tout le monde parle de moi. Je suis non seulement la fille de la directrice, mais aussi le seul et unique caméléon de l'Academy. Et surtout, personne n'ignore que mon petit ami m'a suivie pendant un examen d'opérations secrètes avant de défoncer un mur avec un chariot élévateur… Mais ça ne s'était pas fini par des hurlements de sirènes et le déclenchement d'un système de sécurité surpassant celui de la Maison Blanche en cas de guerre nucléaire.

À midi, j'ai fait de mon mieux pour afficher un air innocent, quand je me suis installée dans le Grand Hall. Même si je me sentais tout sauf invisible, pour une fois.

Pourtant, je ne pouvais pas leur en vouloir. Mon ex m'avait invitée à une fête à Roseville, ce soir-là. Et j'avais déjà enfreint les règles pour le rejoindre. Il n'y avait donc rien d'étonnant à ce que tous les yeux soient braqués sur moi pendant que je mangeais mes lasagnes.

J'ai quand même demandé à mes amies :

— Mais pourquoi est-ce qu'ils me regardent tous comme ça ?

— C'est que, après le déclenchement de l'alarme, a expliqué Liz, t'avais vraiment l'air…

— … coupable, a achevé Bex.

— C'est pas si grave, Cammie. Personne ne pense que tu l'as fait exprès.

— Mais tout le monde pense que tu l'as fait, a ajouté Bex.

Il y avait déjà eu des traîtresses à la Gallagher Academy. Pourtant, on n'en parlait jamais. Peu de gens connaissaient leurs noms. Et là, tout à coup, j'avais l'impression d'être l'une d'entre elles.

— Alors, Cammie, a commencé Tina en s'asseyant à côté de moi. Est-ce que c'est vrai que t'es sortie du manoir pour rejoindre Josh ?

— Je te jure que non, Tina.

Enfin, j'allais pouvoir rétablir la vérité ! Mais Tina n'a même pas eu l'air de m'entendre.

— Parce que, d'après mes sources, a-t-elle enchaîné, tu aurais participé à une mission secrète pour la CIA.

— N'importe quoi !

— Ah oui ?

— Je ne suis pas sortie du manoir pour rejoindre Josh. Ni pour participer à une quelconque mission. Je ne suis pas sortie du manoir *du tout* !

Tina a levé les yeux au ciel.

— C'est la pure vérité ! Tu peux demander à ma mère… ou à Zach.

Sa curiosité a été soudain piquée au vif.

— T'étais avec Zach ? a-t-elle murmuré. (Puis elle a répété, cette fois en hurlant :) T'étais avec Zach !

Elle s'est précipitée vers les garçons qui déjeunaient à l'autre bout de la table.

J'aurais voulu ignorer la scène, faire celle qui s'en fiche. Mais c'était impossible, parce que je ne m'en fichais pas du tout.

— Zach, est-ce que c'est vrai que t'étais avec Cammie pendant l'Alerte Noire ?

— Cammie ? a-t-il demandé d'un air surpris. Cammie Morgan ? (Il a éclaté de rire.) Qu'est-ce que j'aurais fabriqué avec elle ?

J'ai cru que j'allais exploser – à la fois de rage et de honte. D'autant que, et c'est ça le pire, Tina l'a cru ! Son regard est passé de Zach à moi. Un type comme lui ne pouvait pas s'intéresser à une fille comme moi. C'est du moins ce que je lisais dans ses yeux.

— Je l'ai vue pendant le bal, a continué Zach. (Il a ri de nouveau.) Mais je n'étais pas avec elle.

Qu'est-ce que j'aurais donné pour qu'il avoue la vérité ! Je me voyais déjà lui arracher tous les poils du corps avec des bandes de cire chaude… Mais de toute façon j'étais trop anéantie pour réagir.

— Zach, ai-je commencé.

C'est alors qu'il s'est levé pour sortir de table.

— À plus ! a-t-il lancé comme s'il ne s'était pas aperçu de ma présence.

Pourtant, à ce moment-là, toutes les têtes étaient tournées vers moi, et jamais de ma vie je ne me suis sentie moins invisible.

J'adore la grange où ont lieu nos cours d'autodéfense. D'abord, parce qu'elle est toujours inondée de lumière. Ensuite, parce que, au milieu des coups et des grognements des combattants, on entend les oiseaux pépier au-dessus de nos têtes, où ils font leurs nids. (Par contre, j'aime moins recevoir leurs fientes sur la figure, mais c'est une motivation de plus pour rester sur ses pieds.)

Ce jour-là, pourtant, je l'appréciais pour une tout autre raison. J'y avais le droit de frapper qui je voulais sans enfreindre le règlement.

— Sale menteur ! ai-je crié en entrant dans la grange.

Zach s'est arrêté de taper dans le sac de sable.

— Espion, a-t-il corrigé.

Il y avait mieux comme excuse !

Parce que non seulement il avait raconté des bobards à une de mes camarades, mais en plus il m'avait humiliée devant toute l'école.

Depuis, une idée me hantait. Soit Zach ne voulait pas admettre qu'il se trouvait avec moi pour une raison indéterminée, soit il savait quelque chose sur ce qui s'était passé la veille. De toute façon, il cachait un secret, c'était sûr.

Il avait recommencé à cogner dans le sac de sable avec assurance, tandis que des gouttes de sueur roulaient sur son visage.

— Zach ! ai-je hurlé pour lui rappeler ma présence. Tu sais parfaitement bien que ce n'est pas moi qui ai déclenché l'alarme !

Il m'a jeté un coup d'œil.

— Bien sûr que non. C'était une fausse alerte, à ce qu'il paraît.

Mais je voyais bien qu'il n'en croyait pas un mot.

J'ai donné un grand coup dans le sac, et Zach a levé un sourcil.

— Pas mal, a-t-il lancé avant d'immobiliser ma cible. Sers-toi de ton épaule, maintenant.

— Je sais ce que j'ai à faire !

— Ah oui ? a-t-il répliqué avec son sourire moqueur.

J'ignore si ce sont mes nerfs qui ont lâché ou ma colère qui a explosé, mais j'ai cogné dans le sac de toutes mes forces. Et Zach l'a reçu en plein ventre.

— Bien joué…

Il a posé ses mains sur mes épaules.

— Écoute. Tu veux vraiment que tout le monde sache qu'on était ensemble ? Tu ne crois pas que ce qui s'est passé hier soir ne regarde que nous ?

Vingt-quatre heures plus tôt, j'aurais détesté que Tina puisse penser que, Zach et moi, on s'était isolés quelque part. Mais, après avoir vécu une Alerte Noire, je ne voyais plus les choses de la même façon.

Il a essuyé la sueur sur son visage avant de sourire.

— Et puis, je croyais que tu aimais garder secrètes tes petites escapades amoureuses…

— Il ne s'agissait pas d'une escapade amoureuse. Tu n'es pas mon petit ami, que je sache !

Il a de nouveau heurté le sac du poing.

— J'avais remarqué, figure-toi.

— Ça veut dire quoi, ça ?

— C'est toi la Gallagher Girl. Tu devrais pouvoir comprendre toute seule.

Ce qu'ils peuvent m'énerver, ces garçons, avec leurs messages subliminaux ! Il était vraiment temps qu'on intègre dans un gadget – genre une montre ou un collier – le dictionnaire de Liz. Celui qui permet de traduire le langage masculin.

— Et puis, dans mon lycée, a ajouté Zach, on sait garder un secret.

— Dans le mien aussi.

— Ah oui ?

Depuis que je suis à la Gallagher Academy, je ne compte plus les passages secrets que j'ai trouvés. Mais, quand je suis tombée sur le couloir étroit qui passe derrière le bureau de ma mère, je me suis promis de ne jamais m'en servir pour l'espionner. Pourtant, ce soir-là, je devais faire une exception.

Je me suis frayé un passage parmi les toiles d'araignée en frôlant les murs et les poutres en bois. De la lumière filtrait par les interstices entre les pierres, j'y ai glissé un œil. M. Solomon est apparu dans mon champ de vision.

— Croyez-vous que l'une d'elles ait pu deviner ? a-t-il demandé.

— À propos de Blackthorne ? a répliqué la voix de ma mère.

Mon professeur a acquiescé.

— Je ne pense pas. Mais, si une seule apprend la vérité, toutes les autres le sauront.

M. Solomon a ri.

— Sans doute. (Il s'est redressé sur le canapé.) Vous pensez toujours que c'est une bonne idée ?

Ma mère s'est dirigée vers son bureau.

— Nous n'avons pas le choix. C'est mieux pour tout le monde.

Sur le chemin du retour vers ma chambre, j'ai évité autant que possible les escaliers et les couloirs bondés. Non pas pour me préserver des murmures et des coups d'œil sur mon passage, mais pour pouvoir réfléchir tranquillement. J'essayais de me remémorer l'expression de Zach pendant l'Alerte Noire, puis l'air inquiet de ma mère dans la voiture en revenant de Washington. Et surtout, je tentais de trouver une réponse à la question qui m'obsédait depuis ma première rencontre avec Zach : qui étaient vraiment les pensionnaires de Blackthorne ?

Tout ce dont on disposait, c'était l'inscription sur le tee-shirt de M. Solomon et le discours de ma mère à propos de la nécessité de créer des liens d'amitié durables avec eux. Mais ça ne changeait rien au fait suivant : la Gallagher Academy n'avait pas connu d'Alerte Noire depuis la guerre froide. Et cette alerte s'était produite quelque temps après l'arrivée des garçons… Ça ne changeait rien non plus au fait que Zach avait menti à Tina en la regardant droit dans les yeux.

Je ne savais toujours rien de lui, ni d'aucun des élèves de Blackthorne. Et ça ne me disait rien qui vaille.

J'ai poussé la porte de notre chambre en annonçant :

— Les filles, il va falloir se remettre au boulot !

CHAPITRE 19

Je sais ce que vous pensez.

D'accord, on allait encore devoir faire une petite entorse au règlement – ce qui n'allait pas nous permettre de récolter des points supplémentaires, loin de là. Et croyez-moi, ça ne m'avait pas vraiment plu de subir un interrogatoire dans le QG de la CIA. Je ne voulais pas m'attirer d'ennuis, évidemment. Mais j'avais comme l'impression que les ennuis avaient déjà commencé pour nous, depuis que certains individus avaient franchi nos grilles pour s'installer dans l'aile est. Et même si on avait intérêt à oublier tout ça… eh bien, on ne pouvait pas.

— Redis-moi en quoi ce n'est pas une super-mauvaise idée, ai-je murmuré dans l'obscurité du couloir, une semaine plus tard.

J'avais des toiles d'araignée partout, la ceinture dans laquelle étaient rangés mes outils me serrait au maximum, et Liz, qui me collait littéralement aux talons, poussait des cris stridents toutes les deux secondes. (Elle a horreur des petites bêtes !)

— C'est une idée géniale ! a répliqué Bex.

Et surtout très risquée. C'est pour ça qu'elle lui plaisait, d'ailleurs.

Je n'avais jamais voulu en arriver à de telles extrémités. Moi, je pensais juste jeter un œil aux certificats de naissance de nos suspects. Pas nous introduire clandestinement dans le passage secret qui conduisait à l'aile est.

— Les filles, enfreindre une dizaine de règles n'est peut-être pas la meilleure façon de prouver que… je n'en ai enfreint aucune…

Bex s'est contentée de sourire dans la pénombre.

— Il suffit de ne pas se faire griller, c'est tout.

Elle s'est mise à la recherche du détecteur de mouvements que la sécurité devait avoir installé pendant les vacances.

— Et, crois-moi, je n'en ai pas l'intention.

Je me suis arrêtée, l'oreille aux aguets, dans l'espoir d'entendre un bruit suspect… et, du même coup, de trouver un prétexte pour rebrousser chemin…

— Qu'est-ce qu'on fait si on se retrouve nez à nez avec eux ?

— Aucun risque.

J'ai insisté :

— Et si on attendait encore un peu ? On n'a eu qu'une semaine pour se préparer. On ne sait pas comment ils vont réagir. On ne…

— Cammie, est intervenue Liz. Le docteur Steve a prévu un travail de groupe à l'extérieur. Ce soir. Il n'y a aucun doute là-dessus.

Elle avait raison, comme d'habitude. Mais je n'étais pas rassurée pour autant.

RAPPORT DE SURVEILLANCE

Les Agents ont mené une opération à haut risque pouvant apporter des réponses à leurs interrogations… ou les faire exclure… voire les deux.

— T'inquiète, Cammie, a chuchoté Bex. Ce n'est pas plus difficile que la fois où on a pénétré chez Josh.

Je me suis accroupie devant la bouche d'aération menant aux chambres des garçons, avant de m'emparer d'une bombe de laque que j'ai vaporisée devant la grille. De minces rayons lumineux sont apparus à travers le nuage de produit.

— C'est ça, ai-je murmuré. Pas plus difficile que de pénétrer chez Josh…

Liz a déconnecté le dispositif, et les rayons se sont évanouis. Il n'y avait plus rien, maintenant, entre nous et l'aile interdite – entre nous et, peut-être, la clé de l'énigme.

Le problème, quand on s'introduit quelque part pour récolter des informations secrètes, c'est qu'on n'est jamais sûr de trouver ce qu'on cherche. Ç'aurait été un coup de bol incroyable de tomber sur un dossier appelé « Plan top secret pour infiltrer et détruire la Gallagher Academy ». Mais j'avais quand même l'espoir de récolter quelques indices sur les garçons qui partagent nos cours. Une photo de Zach me le montrant sous son vrai jour m'aurait suffi.

Quand on a atterri dans la salle commune, après s'être faufilées dans le conduit, Bex a lancé :

— Liz, occupe-toi des ordis. Cammie, toi et moi, on pourrait…

Elle n'a pas pu continuer. Parce qu'elle est restée bouche bée. Sous le choc.

Notre dernière visite ne remontait qu'à quelques semaines, et pourtant les lieux avaient bien changé. Tout semblait plus petit. Plus vert aussi. Mais ça, c'était à cause de nos lunettes de vision nocturne. Et surtout…

— Oh. Mon. Dieu.

Pour une fois, je ne pouvais pas reprocher à Bex d'en faire trop.

Une lampe était restée allumée dans un coin. J'ai enlevé mes lunettes et laissé mes yeux s'habituer à la clarté. Liz allait devoir attendre pour étudier un cas typique de comportement masculin. Parce que, rien qu'en observant leur cadre de vie, on voyait bien que ces garçons-là n'avaient rien de typique.

— Est-ce qu'ils sont tous aussi… a commencé Liz.

— Maniaques ? a proposé Bex avec une moue dégoûtée.

S'il y a une fille qui déteste les endroits trop bien rangés, c'est elle.

Dans les huit chambres qu'on a visitées, le constat était le même : les chaussures étaient impeccablement cirées et les lits faits au carré. Les livres et les blocs-notes s'empilaient avec soin sur chaque bureau. Aucune paire de chaussettes ne traînait par terre. Ni rien qui ressemble à des journaux du genre *Playboy*. On se serait cru dans une caserne. En tout cas, pas dans des chambres d'ados. Dommage qu'on ait laissé Macey faire le guet dehors, parce qu'on aurait eu bien besoin d'une experte en questions masculines.

Tout semblait impersonnel – et aseptisé. Comme si les élèves de Blackthorne étaient seulement de passage ici. Ce qui se révélait à la fois rassurant et troublant… et qui relançait plus que jamais nos interrogations. Pour quelle raison étaient-ils vraiment venus ?

Liz s'est installée devant le premier ordinateur qu'elle a vu, a sorti un DVD de sa poche et a téléchargé le logiciel espion que la NSA essaie de lui acheter depuis des années.

— Seulement cent seize bits d'encodage ? s'est-elle étonnée, l'air déçu, en désactivant le pare-feu.

Pendant ce temps, Bex a filé dans la salle de bains, une pince à épiler à la main, pour arracher quelques poils de brosses à dents. L'analyse ADN révélerait peut-être qu'on avait affaire à des mutants…

Quant à moi, j'ai inspecté les murs et les bureaux, à la recherche d'une photo ou d'une lettre personnelle. En vain. Dommage ! Ça nous aurait donné bien plus d'informations sur nos suspects que leurs empreintes digitales ou leur ADN.

En ouvrant un placard au hasard, je me suis tout de suite rendu compte que quelque chose clochait.

— Ce pantalon est tout neuf. Comme ces chaussures.

Rien à voir avec le contenu de mon armoire. Parce que je peux vous dire une chose. C'est que la moitié de mes chemises ont une petite tache quelque part, et que la plupart de mes pulls sont tout déformés…

Je me suis tournée vers Bex.

— Est-ce que c'est possible que quinze garçons – tous dans des classes différentes – se soient procuré leurs uniformes en même temps ?

Elle a haussé les épaules, puis a fouillé dans son sac pour en sortir deux câbles très fins reliés à de petits globes – ayant la même taille et la même forme que les boutons en plastique qu'on trouve sur les détecteurs de fumée du manoir.

— Bex ! Non ! On ne peut quand même pas placer des appareils photo dans leurs chambres !

— Une image vaut plus que n'importe quel discours.

— Les micros suffisent, ai-je insisté.

Je suis peut-être une future espionne du gouvernement ultra-douée, mais il y a des limites.

— Bon, OK, a-t-elle cédé avec un soupir.

Elle a repris les appareils photo et en a extrait les minuscules micros que j'avais moi-même conçus – et qui m'avaient valu un A en sixième. D'ailleurs, ils sont aujourd'hui utilisés par le département de la Sécurité intérieure…

C'est tout un art de planquer des micros. Malheureusement, M. Solomon ne nous l'avait pas encore appris. Alors, on a fait comme on a pu, puis on a inséré des émetteurs GPS miniatures dans les semelles de nos suspects et relevé leurs empreintes digitales. Le b.a.-ba du métier, quoi. On a tout passé au crible, même la chambre du docteur Steve. D'ailleurs, on ne me prendra plus à fouiller dans son tiroir à sous-vêtements !

Dix minutes plus tard, on avait presque fini. Il ne me restait plus qu'à retourner dans le conduit pour récupérer les câbles reliés aux micros que Bex avait fait passer dans la prise électrique.

J'ai donc remonté le long couloir poussiéreux en tirant les fils derrière moi jusqu'à notre nouveau QG – une pièce que j'avais découverte en sixième. Je commençais à croire qu'on allait s'en tirer sans se faire griller… quand j'ai entendu une voix :

— Oh, mademoiselle McHenry, c'est une excellente idée ! Tout à fait excellente !

Le docteur Steve ! Je l'entendais à travers les conduits de chauffage… ce qui signifiait qu'il se trouvait juste devant la porte donnant sur l'aile est. Celle qui mène aux chambres des garçons – où Bex et Liz étaient toujours !

— Sauve qui peut, les filles ! Tout de suite ! ai-je soufflé machinalement.

C'est là que je me suis rendu compte d'un truc. L'Academy est équipée de brouilleurs de signaux surpuissants. Ce qui signifiait qu'on n'avait pas d'oreillettes, et donc que mes amies ne risquaient pas de m'entendre… Je devais trouver coûte que coûte un moyen de les alerter.

— Mais, docteur Steve, hurlait justement Macey, il faut absolument que je vous parle !

— Plus tard. Je dois aller récupérer quelque chose dans ma chambre avant de retourner auprès de mes élèves.

J'ai appuyé doucement sur la bibliothèque qui sert d'accès au passage secret, et j'ai vu le docteur Steve s'avancer vers la porte, tandis que Macey essayait de lui barrer le passage.

— S'il vous plaît, docteur Steve, j'en ai juste pour une seconde ! a gémi mon amie.

— On pourra en discuter demain, si vous voulez, a répliqué le professeur en lui tapotant l'épaule, avant de s'approcher dangereusement de la poignée.

Il fallait agir, et vite ! J'ai enlevé ma ceinture à outils, poussé la bibliothèque et débouché dans le couloir, derrière le professeur.

— Bonsoir, docteur Steve !

Quand elle m'a vue, Macey a tout de suite cessé de pleurnicher.

— C'est chouette, tu l'as trouvé ! lui ai-je lancé.

Ça a suffi à attiser la curiosité du docteur Steve.

— Vous me cherchiez, toutes les deux ?

— En fait, c'est moi qui vous cherchais.

— Oui, a renchéri Macey. Cammie a vraiment besoin de vous parler.

— Alors, c'est un cas d'urgence ?

Il a hoché la tête d'un air entendu, comme si mon attitude venait confirmer ce qu'il avait entendu à mon sujet. Quelqu'un devait lui avoir dressé un profil psychologique particulièrement sombre de moi… Il faudrait d'ailleurs que je vérifie s'il en existe un répertorié quelque part.

— Je vois… a-t-il ajouté avec l'expression de quelqu'un qui ne voit pas grand-chose.

L'Agent Morgan a pu neutraliser l'individu qui menaçait le succès de l'opération en feignant d'être psychologiquement perturbée – ce qui a été plus facile que prévu.

— Alors voilà, ai-je improvisé en essayant d'imiter Bex dans l'art d'en faire des tonnes. Vous savez sans doute que j'ai le cœur brisé en mille morceaux.

Eh oui, j'ai vraiment dit ça ! À un homme qui insiste pour qu'on l'appelle « docteur Steve ». J'aurais pu choisir mieux comme confident. Mais je n'ai rien trouvé d'autre pour le retenir encore un peu.

— Les peines de cœur sont monnaie courante à votre âge, mademoiselle Morgan. Ne vous inquiétez pas.

Il s'est avancé d'un nouveau pas vers la porte, et j'imaginais déjà tous les moyens possibles pour l'arrêter quand Macey m'a attrapée par le bras.

— C'est aussi ce que je lui ai dit, docteur Steve, a-t-elle conclu en s'écartant de son passage. Merci.

J'ai voulu protester, mais Macey m'a fait pivoter par les épaules. Bex et Liz étaient là qui me regardaient, tout sourire.

CHAPITRE 20

RAPPORT DE SURVEILLANCE

AGENTS : Cameron Morgan, Elizabeth Sutton, Rebecca Baxter et Macey McHenry

Dans le dessein de déterminer la nature exacte de l'infraction de niveau 4, les Agents ont entrepris une mission de reconnaissance qui les a menés en plein cœur du territoire ennemi (l'aile est) et leur a permis d'observer les faits suivants :

Les élèves de l'Institut Blackthorne (nommés ci-après « les Sujets ») ont bien établi leur résidence à la Gallagher Academy pour Jeunes Filles Exceptionnelles.

Bien qu'aucun indice compromettant n'ait été trouvé, les Sujets font preuve de goûts déconcertants en matière de loisirs. En effet, l'inspection de leurs lieux de vie a révélé non seulement l'absence de télévision, mais aussi un attirail incroyable pour cirer les chaussures.

Les analyses ADN ont permis de conclure que les Sujets sont bien de sexe masculin et ne sont pas le fruit d'un quelconque clonage.

D'après les empreintes digitales analysées, les Agents peuvent certifier que les Sujets ne sont enregistrés dans aucune base de données gouvernementale – même les plus secrètes d'entre elles.

Associés connus : Les Sujets collaborent visiblement entre eux ainsi qu'avec le docteur Steven Sanders, dit « docteur Steve ».

S'ils ne parviennent pas à embrasser une carrière d'espion, les élèves de l'Institut Blackthorne pourront assurément trouver un emploi dans le secteur de l'aide ménagère.

L'analyse de leur poubelle a révélé que les Sujets utilisent beaucoup trop de fil dentaire pour des adolescents de quinze ans – à moins qu'ils ne s'en servent comme corde de rappel – et qu'ils ne recyclent pas leurs déchets.

La plupart des filles rêveraient de se transformer en petites souris pour aller espionner les garçons dans leurs chambres. Eh bien, permettez-moi de vous dire que ça n'en vaut pas la peine. On a deux cent soixante-douze heures d'enregistrement audio pour le prouver !

Il n'y avait absolument rien d'intéressant dessus – à part le fait, peut-être, qu'un élève de cinquième se soit vanté d'avoir embrassé Macey pendant l'Alerte Noire (un mensonge qu'il a sérieusement regretté lors d'une séance d'autodéfense).

On n'avait plus qu'à attendre et à ouvrir l'œil en nous rappelant que l'une des plus grandes qualités, chez un espion, c'est la patience. Parce que entendre des garçons déblatérer sur leurs joueurs de base-ball préférés, les différentes sortes de sandwichs ou leur rendez-vous chez le dentiste, ce n'est pas très folichon, croyez-moi. Après deux semaines d'écoute, on a dû se rendre à l'évidence : on était retournées à la case départ. Le seul truc qu'on pouvait certifier, c'était que ces types étaient de vrais fantômes.

Ce jour-là, Zach, Grant et Jonas marchaient quelques mètres devant nous pour se rendre au cours de M. Solomon.

— Vous croyez qu'ils sont bien réels ? a demandé Liz.

— Oh que oui ! Tu les vois en chair et en os, a répliqué Bex.

— Alors, pourquoi on ne trouve rien sur eux ?

Nos recherches vaines avaient porté un sacré coup à l'orgueil de Liz. Un génie est censé avoir réponse à tout, non ?

D'ailleurs, je ne pouvais pas m'expliquer notre échec. Liz peut déchiffrer n'importe quel code. Bex est capable de baratiner n'importe qui. Et moi, je suis très douée pour me faufiler partout sans être vue. On ne peut pas dire qu'on soit à court de ressources, quand même !

— Il faut qu'on passe à la vitesse supérieure, a suggéré Bex tandis que l'ascenseur nous déposait au sous-sol numéro 1.

— Écoutez-moi bien, tous, a commencé M. Solomon une fois que tout le monde a été assis. La chose la plus importante, quand on essaie de soutirer des informations secrètes à une personne, c'est de la convaincre de vous accorder sa confiance. Pour cela, vous devrez parfois feindre de l'apprécier, même si, en réalité, vous la détestez.

Il s'est arrêté quelques secondes pour promener son regard sur nous.

— Dans ce métier, il ne faut pas hésiter à utiliser les autres. À les convaincre de vous transmettre les données qui vous intéressent. Par la manipulation, bien souvent.

J'avais mal au ventre tout à coup. Non pas parce que je réalisais que j'avais signé pour une vie de mensonges et de trahisons. Mais parce que Bex s'est tournée vers moi en mimant les mots « Phase 2 ».

Ce soir-là, notre pièce secrète poussiéreuse s'est transformée en QG moderne. Un stock de papier auto-désintégrant se trouvait contre le mur. On y piochait régulièrement pour préparer notre plan, tout en écoutant les garçons via les micros cachés dans leurs chambres. On avait commencé par dresser une liste des cibles potentielles qu'on pourrait draguer pour leur faire avouer leurs secrets. Ç'aurait été parfait si, sur son schéma, Bex n'avait pas relié les noms « Zach » et « Cammie ».

— Pourquoi tu ne t'en chargerais pas, toi ? ai-je protesté en me tournant vers elle. T'es meilleure comédienne que moi, et puis t'es bien plus douée pour la drague et…

— Oh, mais moi aussi, je vais m'y coller ! Avec Grant. Et le terminale aux cheveux bouclés. Et…

— Mais Zach est notre suspect numéro 1. Pourquoi ça devrait tomber sur moi ?

Bex et Liz m'ont regardée sans savoir quoi dire. Mais Macey a haussé les épaules en expliquant :

— Parce qu'il y a une centaine de filles ici et seulement quinze garçons, et que, pour une raison inconnue, c'est sur *toi* que Zach a mis le grappin. Pigé, génie ?

C'est vrai que, depuis qu'on s'était croisés dans l'ascenseur, à Washington, il s'était tout le temps trouvé sur ma route. Ça ne pouvait pas être un simple concours de circonstances. Il devait avoir une idée derrière la tête.

— Donc, a commenté Bex, soit il essaie de t'utiliser pour une opération secrète, soit…

— Il a un faible pour toi ! l'a coupée Liz.

J'ai aussitôt prié pour que la première hypothèse soit la bonne… parce que… au moins, je suis à l'aise avec les opérations clandestines…

À la fin du cours de Mme Dabney, l'Agent Morgan a attendu le moment opportun pour approcher le Sujet.

— Hé, Cammie ! s'est exclamé Zach en m'envoyant son sourire moqueur habituel, celui qui veut dire : « Je sais quelque chose que tu ne sais pas. » Qu'est-ce que je peux faire pour toi ?

J'ai puisé de toutes mes forces dans mes ressources de super-espionne. Enfin, celle que je suis censée être.

— M. Smith nous a demandé de rendre un devoir collectif. Et ma mère voudrait que je « participe au développement des liens entre les élèves de Blackthorne et ceux de la Gallagher Academy ».

Je lui avais servi ce discours d'une traite, comme si je citais les paroles de ma mère – alors qu'en fait j'étais dans l'improvisation la plus complète.

Zach a haussé les sourcils.

— Alors, t'es partant ?

Je sentais le regard des autres filles peser sur moi. C'est ça qui est terrible quand on est dans l'espionnage : lorsque quelqu'un chuchote dans votre dos, vous vous en rendez compte tout de suite.

— Bien sûr.

Il s'est éloigné de quelques pas et a attendu que la moitié des cinquième passent entre nous pour crier :

— J'ai hâte qu'on se retrouve en tête à tête, tous les deux !

CHAPITRE 21

Mission accomplie ! J'avais un rencard ! Enfin, si on peut dire… Et avec un espion de l'autre camp. Ou presque. J'étais à la fois excitée et terrifiée à l'idée d'entreprendre cette opération secrète. Parce qu'elle était quand même sacrément ambitieuse, non ?

Il n'y avait pas si longtemps, je croyais que mentir au plus gentil garçon du monde me préparerait à la vie de trahisons qui m'attendait. Mais c'était faux. Parce que les espions ne mentent pas aux gentils garçons. Ils mentent aux autres.

— Il faut qu'elle soit sexy, a décrété Liz le lendemain soir, alors que mes trois amies m'aidaient à me préparer avant ma mission.

Ou je devrais peut-être dire mon « tête-à-tête ».

— Vous croyez qu'il va me draguer ?

— Difficile à dire, a répondu Macey. Est-ce que vous allez dîner ou regarder un film ?

J'ai secoué la tête de droite à gauche.

— Alors, sans doute pas.

Pendant ce temps, Liz notait tout ce qu'on racontait…

— Et si vous vous embrassez ? a-t-elle voulu savoir.

— Liz, on ne s'embrassera pas. Pas plus qu'on se prendra la main ou qu'on dansera. À moins qu'on décide soudain de réviser le cours de Mme Dabney. Mais même... On ne s'embrassera PAS !

Macey s'est avancée vers le lit pour ranger la montagne de hauts qu'on avait éliminés, parce qu'ils étaient soit « trop habillés », soit « trop décontractés », soit « trop décolletés » – même si, de toute façon, il n'y a pas grand-chose à voir chez moi.

— Voilà, t'es prête ! a annoncé Bex en me faisant pivoter vers Liz et Macey.

Ça, c'est ce qu'elle prétendait. Avant d'aller retrouver Josh, j'étais toujours très stressée. Avec Zach aussi, mais pas pour les mêmes raisons. Parce que, au moins, avec mon ex, même si j'avais dû parcourir plusieurs kilomètres dans un souterrain obscur en talons et en jupe, j'avais une couverture. Tandis que là, j'étais juste... moi-même. Sans aucun déguisement.

— Ça marchera jamais, ai-je protesté. Il va tout de suite se rendre compte que je l'espionne.

— Bien sûr que non ! a rétorqué Macey.

Elle m'a passée en revue une dernière fois, son pinceau à lèvres dans la bouche.

— En plus, je suis à peine maquillée !

— Cammie, je te rappelle qu'il t'a déjà vue en cours d'autodéfense, a commenté Bex, faisant sans doute allusion à ma tendance à transpirer comme une vache...

— Il t'a aussi contemplée en robe longue, a ajouté Liz.

— Celle qu'il n'a pas encore vue, c'est la Cammie décontractée, a dit Macey, qui m'a placée devant le miroir.

L'image qu'il me renvoyait n'avait rien pour me plaire. Surtout avec un canon comme Macey à côté de moi…

— Il doit pouvoir croire que cette soirée n'a rien d'extraordinaire, m'a prévenue Bex.

Ça alors, c'était le comble ! Tous ces préparatifs pour que j'aie l'air… ordinaire !

— Mais n'oublie pas ta mission pour autant, m'a lancé Liz, qui m'a tendu mon sac à dos.

— Et laisse-le parler, a ajouté Bex avant de citer M. Solomon : « Essaie de savoir ce qu'il peut te donner pour déterminer ce qu'il te reste à lui prendre. »

— OK, ai-je conclu.

Après tout, on avait prévu de se retrouver à la bibliothèque. Il ne pourrait rien s'y passer de si terrible, quand même !

— Et, Cammie, est intervenue Macey, reste toi-même.

Décidément ! Tout le monde me donnait ce conseil ces derniers temps. Mais je ne voyais pas comment je pourrais être naturelle avec l'envie de mettre du sérum de vérité dans le jus d'orange de Zach, histoire d'en finir plus vite. (C'était l'idée de Bex, mais à utiliser seulement en cas d'urgence.)

J'ai descendu le grand escalier en me répétant que je n'avais aucune raison de stresser. D'autant que, cette fois, je n'aurais pas besoin de feindre de ne pas dépasser le niveau seconde en physique, comme avec Josh. Pourtant, quand je suis entrée dans la bibliothèque, je me sentais tout sauf à l'aise. J'aurais été moins embarrassée si j'avais pu jouer un autre rôle que le mien.

— Salut, Gallagher Girl ! s'est exclamé Zach, installé à une table au fond de la pièce.

Vraiment TOUT au fond !

18 h 00 : L'Agent Morgan a retrouvé le Sujet dans un lieu isolé, et donc suspect, ce qui pourrait indiquer que celui-ci pense à flirter plutôt qu'à travailler.

Zach avait posé ses livres sur la table et sa veste sur le dossier de sa chaise.

Je me suis assise en face de lui et j'ai demandé d'une voix mal assurée :

— Alors, tu veux commencer par quoi ?

— Je ne sais pas.

Pourtant, j'avais l'impression du contraire. Parce qu'il fait partie de ces gens qui utilisent leur intelligence pour s'assurer que personne ne se doute à quel point ils sont rusés. (Une tendance assez répandue chez les garçons qui ont de beaux bras musclés, selon Macey.)

18 h 02 : Un silence profond s'est abattu sur la salle, et l'Agent Morgan se torture les méninges pour trouver quelque chose à dire.

— Zach, j'ai pensé qu'on pourrait étudier l'impact de la propagande sur l'économie du tiers-monde, ai-je soudain lancé.

— Ah oui ? Tu crois vraiment ?

Il me regardait d'une façon si insistante que j'aurais voulu me retrouver dans la peau de Tiffany St. James, tout à coup – même si je devais être obligée de remettre une robe bustier. Ou alors dans celle d'une fille au chat nommé Suzie. Bref, j'aurais voulu être n'importe qui d'autre que moi. Parce que, là, je ne m'étais jamais sentie aussi nue.

— Donc… ai-je de nouveau tenté. Il faudrait d'abord rassembler nos notes…

— Gallagher Girl, tu n'as pas un truc à me demander, par hasard ?

— Non, ai-je menti.

Et on s'est replongés dans nos livres.

18 h 14 : L'Agent Morgan a réalisé que la séance de travail avec le Sujet pourrait bien être une vraie séance de travail.

Combien de temps deux personnes doivent-elles se connaître avant de ne plus être gênées par le silence ?

— Alors… ai-je commencé au hasard.

Il m'a jeté un coup d'œil.

— Alors quoi ?

— Alors… qu'est-ce que tu penses de la Gallagher Academy ?

Il a retenu un rire.

— Oh, c'est une école vraiment chouette.

L'Agent se demande si les propos du Sujet ne traduisent pas une certaine ironie.

J'ai essayé vainement de me concentrer sur mes notes. Et dire que je me plaignais de ne jamais rien comprendre à ce que disait Josh ! Mais ce n'était rien comparé aux paroles obscures d'un espion super-entraîné.

J'avais presque envie d'abandonner la partie et de le planter là, lorsque deux filles de cinquième se sont arrêtées net à quelques mètres de nous. Puis elles ont tourné les talons en pouffant de rire et en chuchotant.

— T'as pas l'air de trop mal prendre tout ce qu'on raconte sur toi, a remarqué Zach.

— J'ai l'habitude, tu sais.

Quand on est dans l'espionnage, il faut un peu plus que des ricanements pour qu'on se vexe.

Tandis que le silence s'éternisait, j'ai tourné la page de mon livre d'un œil distrait.

— Je dois t'avouer quelque chose, a soudain dit Zach, qui se balançait maintenant sur sa chaise, les mains passées derrière la tête. Je suis un peu déçu.

— Déçu ?

Il a éclaté de rire.

— Oui, déçu. Je t'aurais crue plus… réactive.

— Et toi, qu'est-ce que tu ferais, à ma place ? Si tout le monde pensait que tu as déclenché l'alarme de ton lycée ?

Les pieds de sa chaise ont atterri avec un *boum* !

— Je commencerais sans doute par des recherches sur tous les… *nouveaux arrivants*. Surtout sur ceux qui n'avaient pas d'alibi le soir du bal. Il se pourrait aussi que j'essaie de me rapprocher des personnes suspectes. Et même que je place des micros dans leurs chambres, si j'en avais l'occasion.

— Ha ! Ha ! Ha ! Ha ! Ha !

Voilà à quoi ressemble le rire forcé d'une apprentie espionne, après des années d'entraînement…

— Mais ce n'est sans doute pas ce que *toi*, tu ferais, pas vrai ? a-t-il repris.

— Bien sûr que…

Zach a sorti de sa poche le câble que Bex avait installé dans la prise électrique de sa chambre. Il l'a laissé tomber sur la table avant de se pencher vers moi en chuchotant :

— Je ne suis pas tout noir, Gallagher Girl.

Il a saisi sa veste et s'est levé.

— Mais je ne suis pas tout blanc non plus.

Je suis restée quelques secondes à fixer le fil en me demandant ce qu'il pouvait bien entendre par là. Après avoir fait quelques pas, il a lancé :

— Au fait, merci pour le tête-à-tête !

— Qu'est-ce que ça signifie ? a demandé Liz.

J'ignorais de quoi elle parlait exactement. Du fait que Zach avait déclaré qu'il n'était ni tout noir ni tout blanc, ou de son allusion à notre « tête-à-tête » ? À vrai dire, l'une et l'autre remarque me donnaient envie de vomir.

Assises par terre dans notre QG, on réfléchissait à ma soirée désastreuse, armées de nos calepins... ainsi que d'une tonne de bonbons et de pop-corn ! Et la seule chose qui nous paraissait claire, c'est que, si le comportement des garçons normaux est difficile à décrypter, ce n'est rien à côté de celui des garçons qui ont étudié la manipulation psychologique !

— Alors, à ton avis, il croit vraiment que tu lui as donné un rencard ?

— Chuuut ! a lancé Bex, un écouteur sur l'oreille. J'entends quelque chose !

21 h 08 : La surveillance audio a capté une conversation au cours de laquelle la plupart des Sujets se sont accordés pour dire que « la directrice est une bombe atomique ».

— Ça veut dire que Zach n'a pas trouvé tous les micros ? a demandé Liz.

— Ou qu'il en a laissé pour nous transmettre de fausses informations, ai-je répliqué. Ou alors qu'il a voulu garder ceux qui se trouvent dans les chambres des autres garçons pour qu'on les suspecte, eux. Ou bien que ce sont ses amis qui ont déclenché l'alarme, mais que Zach ne peut pas les dénoncer parce qu'ils sont liés par un pacte de sang et…

— Cammie ! m'a coupée Macey. Il t'a rendu le micro pour te montrer qu'il t'avait grillée. Ou juste pour t'embrouiller les idées… ce qui a l'air de très bien marcher.

Finalement, l'espionnage, c'est comme un jeu. De même que la drague, d'ailleurs. Tout est question de stratégie. Il faut évaluer les forces et les faiblesses de l'adversaire. Et les siennes. On pourrait penser que les agents secrets ne font que jouer au chat et à la souris. Mais c'est faux.

C'est en tout cas ce que j'ai compris ce soir-là, grâce à Zach. Il venait de me donner une leçon bien plus précieuse qu'aucun des cours de M. Solomon.

Dans les services secrets, il n'y a pas de souris. Il n'y a que des chats qui se courent après.

CHAPITRE 22

— Les mensonges, a commencé M. Solomon le lendemain matin en déambulant dans la classe, nous en disons à nos amis, à nos ennemis… et même à nous-mêmes. À quels signes est-ce qu'on peut reconnaître un menteur, mademoiselle Lee ?

— Les pupilles dilatées, une accélération du pouls et des tics inhabituels, a répondu Kim.

Je me suis creusé les méninges pour essayer de me rappeler si Zach avait présenté ces symptômes, la veille – et les autres fois où on s'était parlé.

— Les espions mentent, c'est un fait. Mais un espion expérimenté sait contrôler son pouls et sa voix. C'est là-dessus que portera le cours d'aujourd'hui. Voici de quoi vous aider.

Il nous a distribué des sortes de bagues.

— Le docteur Fibs a été assez aimable pour nous prêter ces prototypes. Il s'agit d'objets capables, grâce à une micropuce, de mesurer le stress de la personne que vous avez en face de vous. En cas de mensonge, l'anneau se met à vibrer légèrement.

Le morceau de plastique dans ma main ne payait pas de mine, comme la plupart des inventions qui sortent de la Gallagher Academy. Il avait pourtant une valeur inestimable.

— Vous devez être assez près du suspect, a expliqué notre professeur en se dirigeant vers Tina. Mais, bien sûr, ces bagues ne sont pas infaillibles. Avec un peu d'entraînement, on peut les duper. Mademoiselle Walters, posez-moi une question. N'importe laquelle.

Tina a hésité une seconde ou deux avant de demander :

— Avez-vous une petite amie ?

La moitié de la classe a pouffé de rire alors que l'autre semblait horrifiée. M. Solomon a souri :

— Non.

Tina avait les yeux fixés sur l'anneau.

— Je n'ai rien senti, a-t-elle affirmé. C'était vrai ?

— Reposez-moi la question.

— Avez-vous une petite amie ?

— Oui, a répliqué cette fois notre professeur.

Tina a secoué sa main droite, pensant sans doute que la bague ne fonctionnait pas.

— Non, elle n'est pas cassée, mademoiselle Walters. Je suis plus doué pour dire des mensonges qu'elle pour les détecter, c'est tout.

Je n'ai pas pu m'empêcher de jeter un œil à Zach, et nos regards se sont croisés.

— Mettez-vous en binôme avec votre voisin ou voisine, a ordonné M. Solomon.

Comme par hasard, la personne en question n'était autre que Zach…

— Observez-la, écoutez bien les intonations de sa voix. Et essayez de savoir si elle ment.

Je ne sais pas pourquoi, mais j'avais l'impression que ma vie dépendait des minutes qui allaient suivre.

— Oh, a lancé Zach. Je sens qu'on va bien s'amuser…

J'ai eu beau chercher des prétextes pour échapper à l'interrogatoire, je n'en ai trouvé aucun de valable. J'étais coincée. Avec Zach. Mes talents de menteuse allaient être soumis à rude épreuve.

— Comment tu t'appelles ? ai-je demandé en repensant au professionnalisme du type qui m'avait questionnée à Washington.

— Zach.

— Ton nom entier ?

— T'as pas plus intéressant, comme question ?

— Zach !

— Eh bien oui, c'est exact ! Je m'appelle Zach. (Il a levé ma main droite pour me mettre la bague sous le nez.) Tu vois, je ne mens pas.

— Où étais-tu quand l'alarme s'est déclenchée ?

Il a souri de toutes ses dents.

— Ah, ça, c'est mieux !

— Réponds à…

— J'étais avec toi. T'as oublié ? (Il s'est penché au-dessus de la table, puis a ajouté en grimaçant un sourire :) Au fait, t'as passé une bonne soirée, hier ?

— Je ne crois pas que ce soit ce genre de questions que M. Solomon voudrait qu'on se pose.

— Je prends ça pour un oui. D'ailleurs, on devrait remettre ça, tu sais.

J'ai jeté un œil à l'anneau, sur mon doigt. Il n'avait pas bougé. Ce qui voulait dire qu'il ne mentait pas. Mais j'ignorais toujours ce qu'il avait derrière la tête.

— D'où tu viens ?

— De l'Institut Blackthorne.

— Que font tes parents ?

Cette fois, il n'a pas répondu. Ni souri. Ni plaisanté. Il s'est contenté de tripoter son bloc-notes avant de lancer :

— Qu'est-ce que t'en penses ?

À quelques mètres de nous, Tina demandait à Grant :

— Comment définirais-tu le parfait tête-à-tête amoureux ?

Courtney, à l'autre bout de la salle, voulait savoir, elle, ce qu'Eva pensait vraiment de sa nouvelle coupe… Mais j'attendais une révélation bien trop intéressante pour prêter l'oreille aux réponses de leurs interlocuteurs. Parce que quelque chose me disait que Zach ne jouait plus, maintenant.

— Ils travaillent pour la CIA ? ai-je chuchoté.

— Ils *travaillaient* pour la CIA.

Je n'ai pas cherché à en savoir plus. Je savais déjà que les détails les concernant devaient être classés top secret. Et qu'ils étaient tristes. Surtout, je savais maintenant que, Zach et moi, on avait un point commun.

CHAPITRE 23

Pourquoi avoir gardé cette information pour moi ? Je n'en sais rien.

J'aurais dû la partager avec mes amies. Ça faisait des semaines qu'on cherchait désespérément des indices sur les garçons de Blackthorne. Et, pendant un bref instant, j'avais aperçu une facette du vrai Zach. Celui qui ne se cache pas derrière une couverture.

— Bonsoir, ma chérie, a lancé ma mère quand je suis entrée dans son bureau, le dimanche soir.

La poêle à frire, derrière elle, fumait. Elle s'est levée pour m'embrasser, et j'ai constaté qu'elle portait de grosses chaussettes trop grandes pour elle – celles de mon père – ainsi qu'un vieux pull dont elle avait relevé les manches. Un ancien vêtement de papa, là encore. Même si j'avais vu ma mère dans de magnifiques robes de bal, je ne l'ai jamais trouvée aussi belle que dans cette tenue.

— J'ai fait des tacos, cette fois ! a-t-elle annoncé d'un air joyeux.

J'avais du mal à reconnaître la femme qui m'avait questionnée le soir de l'Alerte Noire... Décidément, ma mère resterait toujours un mystère pour moi.

— Comment se sont passés les cours, cette semaine ?

— Bien.

— Et tes amies, comment vont-elles ?

— Super ! Macey a atteint le niveau quatrième en sciences.

Ma mère a souri :

— Je sais.

La soirée s'annonçait vraiment bien. Même les tacos étaient presque mangeables. Pourtant, je ne pouvais pas m'empêcher de me ronger les ongles.

— Comment tu as rencontré papa ? ai-je soudain demandé.

Ma mère a arrêté de touiller le plat qu'elle venait de sortir du micro-ondes. Elle m'a lancé un sourire forcé.

— Pourquoi veux-tu savoir ça ?

Bonne question. Après tout, les filles d'espions apprennent très tôt à ne pas poser de questions à leurs parents. Mais c'était plus fort que moi. J'avais droit à une réponse.

— C'était pendant une mission ? Quand vous travailliez tous les deux à Langley ? Ou avant ? Est-ce que les élèves de l'Academy avaient déjà reçu des élèves de Blackthorne ?

Ma mère m'a dévisagée un instant, comme si j'avais mis le doigt sur quelque chose.

— Qu'est-ce qui te fait penser que ton père est allé à Blackthorne ?

J'ai songé à la photo.

— Je ne sais pas... C'est juste une déduction. Il y est allé, pas vrai ?

Elle a baissé les yeux sur le plat et s'est remise à en mélanger le contenu.

— Non, ma chérie. Il avait des amis là-bas, à qui il rendait visite de temps en temps. Mais ton père a grandi dans le Nebraska, comme tu le sais.

Bien sûr que je le savais ! Ceci dit, j'avais pris l'habitude, depuis quelques mois, de remettre en question tout ce qu'on m'avait raconté.

— Alors, comment vous vous êtes rencontrés ? ai-je insisté. Comment tu savais que…

Je me suis retenue pour ne pas prononcer la question qui me brûlait les lèvres : « Comment tu savais que tu pouvais lui faire confiance ? »

— Je te le dirai un jour.

Elle m'a souri en me tendant une assiette.

— Dès que je le pourrai.

Je suis restée longtemps dans notre QG, ce soir-là, pour écouter les enregistrements audio, à la recherche d'un quelconque indice.

Ce n'est qu'à minuit passé que j'ai décidé de regagner ma chambre. J'ai traversé le couloir souterrain et je suis arrivée derrière une cheminée – un des nombreux accès au passage. Des braises étaient en train de s'y éteindre. Je les ai enjambées pour m'extirper du foyer en m'attendant à trouver une salle silencieuse et obscure. Mais, au lieu de ça, j'ai entendu la voix de Zach lancer :

— Alors, c'était bien, ta petite balade ?

Surprise, je me suis redressée trop vite et ma tête a heurté le manteau de la cheminée.

— Aïe ! ai-je crié avant de me frotter le crâne. Qu'est-ce que tu fais là ?

— Ça va ? a-t-il répliqué pour toute réponse.

Il a tâté l'endroit de mon cuir chevelu où une bosse commençait à se former.

J'ai essayé de me débarrasser de sa main, mais il ne m'a pas laissée faire, et je n'ai pas pu m'empêcher de ressentir un petit frisson dans le dos. Parce que, avouez-le, il est difficile de rester de marbre quand un beau garçon vous passe les doigts dans les cheveux.

— Tu t'en remettras, a-t-il affirmé.

— Ça ne te ressemble pas d'être sympa.

— Ne le dis à personne, d'accord ?

Il a croisé les bras et fixé la cheminée dont je venais d'émerger. Un sourire a éclairé son visage.

— Alors, dis-moi tes micros ont révélé quelque chose d'intéressant ?

21 h 00 : Le Sujet a admis avoir laissé dans l'aile est des micros cachés par les Agents – ou a feint d'en avoir laissé…

— Qu'est-ce qui se passe, Gallagher Girl ? Tu ne trouves rien à me répondre ? Suzie le chat t'a volé ta langue ?

— D'où tu tiens cette histoire de chat ?

— Qu'est-ce que tu crois ? Je suis un espion. Je sais beaucoup de choses…

Un rayon de lune inondait le sol entre nous deux. Le silence était complet, et je ne trouvais rien à dire pour le rompre. J'essayais juste de retrouver une respiration normale et d'oublier le pouls qui battait à mes tempes tandis que Zach se penchait vers moi. De plus en plus près. Quand sa main s'est approchée de mon visage, je me suis figée.

Du bout du doigt, il a écarté une mèche de cheveux qui me tombait dans les yeux… avant de le retirer d'un geste brusque. On aurait dit qu'il venait de recevoir une décharge électrique ! Puis il a enfoncé ses poings dans ses poches et il a baissé la tête.

Après d'interminables secondes, il a lancé :

— Pourquoi tu ne m'as pas posé plus de questions ? Sur eux... ? Si tu veux bien me parler de tes parents, je te dirai ce qui est arrivé aux miens.

J'ignore ce qui m'a le plus surprise. Que quelqu'un me demande enfin des détails sur la disparition de mon père, ou que la carapace de Zach commence à se fissurer.

— C'était pendant une mission, ai-je lâché.

Les mots étaient sortis tout seuls, comme s'ils attendaient ce moment depuis toujours.

— Il y a quatre ans. Il n'est jamais revenu. Personne ne sait... ce qui s'est passé.

C'est là que Zach m'a dit quelque chose que je sentais depuis longtemps sans oser me l'avouer :

— Quelqu'un le sait.

Il me regardait d'une drôle de façon. Un silence s'est installé entre nous. On avait beau être à quelques centimètres l'un de l'autre, c'était comme si des kilomètres nous séparaient tout à coup.

— Quoi ? ai-je demandé.

— Je dis que quelqu'un le sait, a répété Zach plus fermement. Et que tu ne devrais pas faire comme s'il n'y avait pas de réponse, juste parce que tu n'as pas pris le temps de chercher.

— Et comment je suis censée m'y prendre ? Je ne suis qu'une...

— Qu'une fille, c'est ça ? Je croyais que t'étais une Gallagher...

Il s'est éloigné, et je suis restée plantée là quelques minutes, hésitant à aller trouver du réconfort auprès de ma mère ou de mes amies.

Finalement, je me suis glissée dans un couloir que je n'avais pas emprunté depuis des mois, pour me frayer un chemin à travers les toiles d'araignée, les joues ruisselant de larmes…

CHAPITRE 24

Les deux semaines suivantes ont été vraiment bizarres. Non pas parce qu'il s'est passé des choses étranges, mais parce qu'il ne s'est rien passé du tout.

Zach ne m'a pas embêtée une seule fois. Il ne s'est pas moqué de moi. Il ne m'a pas appelée Gallagher Girl et s'est même abstenu de me lancer son sourire sarcastique.

Après avoir été longtemps la fille que personne ne remarque, j'avais l'impression d'avoir revêtu une autre forme d'invisibilité…

Et puis, un jour, alors que je sortais du Grand Hall, quelqu'un m'est rentré dedans.

C'était Zach.

— Oh, pardon ! a-t-il dit.

Et on est partis chacun dans une direction opposée, comme si de rien n'était.

Ce n'est qu'une fois dehors, sous la pluie, que j'ai senti sous mes doigts un bout de papier dans ma poche. Zach était vraiment fort, quand même ! Il avait réussi à me glisser ce mot sans que je m'en aperçoive !

Immobile sous l'averse, j'ai contemplé un instant mon nom sur le morceau de papier auto-désintégrant, que j'ai fini par déplier. Puis j'en ai parcouru le contenu. Les lettres se sont presque aussitôt effacées au contact de l'eau.

Quand j'ai retrouvé mes amies dans notre chambre, je n'avais plus aucune preuve à leur montrer. Vraiment dommage ! On aurait pu déduire un tas de choses à partir de l'écriture de Zach. Tant pis. Il faudrait se contenter de la signification du message – même si on n'est pas très douées pour décrypter le langage masculin.

(Mot recopié de mémoire par Cameron Morgan)

Il paraît qu'une sortie en ville est prévue ce week-end. Tu veux aller voir un film ?

Z

PS : ... si ça ne dérange pas Jimmy, bien sûr.

TRADUCTION DE MACEY MCHENRY

J'ai envie de te voir dans un contexte cool, sans compétition entre nous.

Les autres garçons ne m'apparaissent pas comme une menace, et ça m'amuse beaucoup de faire semblant d'avoir oublié leur nom.

— Ça alors ! s'est exclamée Liz. Il te file un rencard !

— Qu'est-ce que ça signifie ? ai-je demandé à Macey, qui venait de se laisser tomber sur son lit.

— Tu veux dire, en dehors du fait qu'il t'invite au ciné ?

— Oui.

Pour moi, ça cachait quelque chose. Les espions n'agissent jamais sans motivation sérieuse, et je ne voyais pas du tout quelle pouvait être celle de Zach. Et d'ailleurs, pourquoi me transmettre l'info par petit mot et pas de vive voix ? Et pourquoi avoir signé d'une simple initiale ? Malgré tous ces mois passés à étudier les garçons, je ne comprenais toujours rien de rien à l'attitude de Zach. Après m'avoir humiliée, puis m'avoir ignorée pendant quinze jours, voilà qu'il m'invitait à aller voir un film !

— Il doit être en train de tramer quelque chose, ai-je commenté.

Mes amies se regardaient d'un air dubitatif.

— Vous ne croyez pas ? ai-je demandé.

Dehors, la pluie avait redoublé et le vent hurlait. Bex a fini par s'avancer vers moi :

— Oui, c'est sûr, il manigance quelque chose...

J'ai jeté un œil à Liz pour avoir confirmation, mais elle était occupée à entrer le message de Zach dans le traducteur de langage masculin qu'elle avait achevé de mettre au point.

— Raison de plus pour accepter son invit' ! a conclu Macey.

Quand vous vous retrouvez cloîtrée dans un manoir la plupart du temps, vous ne pouvez que vous réjouir à l'idée d'aller vous balader en ville. Surtout avec un type comme Zach Goode.

Mais votre enthousiasme en prend un coup quand la sortie se transforme en mission secrète où vous devez servir d'appât... et que vos amies pensent que c'est l'occasion idéale

A) d'essayer le nouvel anticernes de Macey et B) de mettre au point un scénario de surveillance à trois.

Et c'est encore moins réjouissant lorsque vous risquez de croiser votre ex…

Le samedi matin, on s'est réveillées avec un grand soleil.

— Vous n'avez pas le droit ! ai-je gémi.

Je parlais non seulement du rendez-vous avec Zach, mais aussi du Wonderbra que Bex voulait absolument que je mette – parce que, à ce qu'il paraît, c'est l'accessoire indispensable pour faire un bon appât.

— Et s'il se rend compte qu'on le file ? Ou qu'il me drogue et se sert de moi pour pénétrer dans la partie interdite du labo ? Ou si…

« Si je passe un bon moment ? » ai-je pensé. Mais, au lieu de ça, j'ai posé l'autre question qui me tourmentait depuis des jours :

— … si je tombe sur Josh ?

— Détends-toi, Cammie, m'a conseillée Bex. On ne te quittera pas d'une semelle. Et puis, n'oublie pas qu'on a nos oreillettes. De toute façon, t'as vraiment peu de chances de croiser Josh.

— Une sur cent quatre-vingt-sept, a lancé Liz.

Je l'ai regardée comme si j'avais un extraterrestre devant moi, mais elle s'est contentée de hausser les épaules en disant :

— Bah, quoi ? Si on prend en compte tous les itinéraires empruntés par les piétons, le nombre d'habitants et la possibilité qu'ils ont de sortir de chez eux ce jour-là, ça donne une chance sur cent quatre-vingt-sept.

Mais il y avait une chose que même Liz ne pouvait pas quantifier : le destin. Et je savais que, encore une fois, j'allais le provoquer. Mon estomac s'est noué comme jamais.

Liz m'a coiffée, Macey s'est occupée de mon maquillage – elle a fait de vrais miracles – et Bex a cousu un faux bouton sur ma veste. Un mini-appareil photo, en fait. Même avec un plan et des années d'entraînement, je n'ai pas pu m'empêcher de jeter un coup d'œil inquiet à mon reflet dans le miroir.

— T'as le droit d'avoir un petit faible pour lui, tu sais, a déclaré Macey tandis qu'on descendait l'escalier.

Je me suis repassé mentalement les règles de base de toute opération secrète. S'efforcer de ne rien ressentir pour le Sujet ; ne jamais perdre de vue son objectif. Des espions bien plus expérimentés que moi avaient négligé ces principes. Résultat : ils avaient fini le cœur en miettes. Ou pire…

— Je ne suis pas loin derrière vous, ai-je entendu dans mon oreillette une heure plus tard.

C'était la voix de Bex. Ouf ! Au moins un son réconfortant. Parce que, pour le moment, Zach et moi, on n'avait pas échangé grand-chose. Et pour cause : A) Quand on s'était retrouvés dans le Grand Hall, tous les deux, un énorme groupe de filles, dont Tina, attendait pour aller en ville. B) Il y avait pas mal de vent, et je devais orienter la tête du côté opposé à Zach pour ne pas avoir les cheveux dans la figure.

Et puis, de toute façon, ce n'est pas facile de discuter au beau milieu d'une fanfare. À Roseville, ce jour-là, les trompettes résonnaient autour de nous pendant que des femmes de la paroisse vendaient des brownies et des tickets de tombola. La ville entière s'était visiblement donné rendez-vous sur la place.

— Il est plutôt craquant, aujourd'hui, Cam… euh, Caméléon, a soufflé la voix de Liz dans mon oreillette.

J'ai balayé la foule du regard sans pouvoir déceler la présence de mes amies.

— Tousse si t'es de mon avis.

10 h 41 : L'Agent Cameron n'a pas pu s'empêcher de remarquer que non seulement le Sujet était à son avantage, mais qu'en plus il sentait vraiment bon.

Zach avait remisé son uniforme pour des vêtements ordinaires et coiffé ses cheveux de façon savamment désordonnée – ce qui, à vrai dire, me semblait vraiment louche. Il devait avoir un plan abominable en tête, parce que ce n'était pas possible qu'il ait réellement des vues sur moi…

— Hé, Caméléon ! a lancé Macey. Tu peux parler, tu sais. C'est autorisé.

Facile à dire quand votre mission consiste à servir d'appât à un type comme Zach, que vous êtes reliée à vos amies par une oreillette et que vous avez une chance – même infime – de tomber sur votre ex et sa petite amie…

— Qu'est-ce que tu veux faire ? ai-je enfin demandé, un peu mal à l'aise.

— On pourrait aller au cinéma. Ou manger quelque chose.

— D'accord.

— Ou continuer à marcher…

Est-ce qu'il était nerveux, lui aussi ?

— D'accord, ai-je répété.

— Ou alors, on pourrait demander à ce clown, là-bas, de nous peindre le visage pour braquer la banque…

— Pas question. Ils ont installé un super-dispositif de sécurité. On a mis cinquante-cinq minutes à en venir à bout, l'autre fois…

— C'est bon à savoir, a-t-il répliqué dans un éclat de rire.

J'ai soudain eu envie de m'arrêter au milieu de la rue et de lui demander pourquoi il m'avait proposé ce rendez-vous. Et je lui aurais bien avoué que j'avais accepté surtout pour lui tirer les vers du nez. Mais, quand il m'a pris la main et nous a frayé un passage à travers la foule, je n'ai plus eu l'impression d'avoir un agent en mission en face de moi. D'ailleurs, j'aurais tout donné pour cesser d'entendre résonner dans ma tête les paroles de Macey – « T'as le droit d'avoir un petit faible pour lui, tu sais ».

On n'était qu'à quelques kilomètres du manoir, mais j'avais la sensation d'avoir atterri sur une autre planète. Rien de dangereux à l'horizon, pourtant. À part, peut-être, une bande de gamines en justaucorps à paillettes qui jouaient des coudes sur le trottoir. Zach m'a entraînée vers une rue plus tranquille.

— Alors, combien de micros vous avez planqués dernièrement ? a-t-il demandé malicieusement, une étincelle dans les yeux.

Je n'avais pas le cœur à rire. Ni même à parler. Un grand silence s'est installé entre nous.

— Attention, Gallagher Girl, a-t-il soudain murmuré. Je vais t'embrasser.

J'ai aussitôt cessé de penser.

Ses mains chaudes caressaient le bas de mon dos puis sont remontées se promener dans mes cheveux. Il a penché la tête et l'a approchée de mon visage. J'ai fermé les yeux.

— Oh, mon Dieu, Cammie ! C'est toi ?

Zach a lâché un juron en s'écartant de moi. Ceci dit, je doute que DeeDee s'en soit rendu compte, parce que je ne crois pas qu'elle comprenne le farsi. Le brouhaha qui venait de la place m'a semblé assourdissant tout d'un coup. Le charme était bel et bien rompu.

Dire que Zach allait m'embrasser… et que j'allais le laisser faire !

— Salut, Cammie ! a lancé DeeDee.

Elle a souri à Zach.

— Je suis tellement contente de te voir !

Josh, à quelques mètres de là, me regardait sans rien dire. Il ne semblait pas ravi, lui, loin de là.

J'ai reculé de quelques pas pour mettre de la distance entre Zach et moi, comme pour faire oublier à Josh ce qu'il venait de voir. C'est là que j'ai remarqué la vitre, et le reflet qu'elle renvoyait. Zach avait dû voir Josh arriver. Et si c'était pour ça qu'il avait voulu m'embrasser ? D'ailleurs, pourquoi Josh affichait-il cet air de chien battu ?

Si seulement Macey avait pu répondre au tas de questions que je me posais ! J'ai scruté la foule, à la recherche de mes amies. Rien. À part un homme d'allure banale qui traversait le passage clouté. Je l'avais vu un peu plus tôt acheter des brownies, puis regarder sous le capot d'une des voitures de collection exposées dans la rue.

Le problème, c'est que personne ne lui parlait, et que ses chaussures étaient bien trop classe pour quelqu'un venu écouter une fanfare. Je me suis rappelé ce que disait mon père à propos de la contre-surveillance : « Si tu croises quelqu'un une fois, c'est un inconnu ; deux fois, c'est une coïncidence ; trois fois, c'est un agent qui te file. »

C'était la troisième fois.

J'avais plus que jamais besoin de mes amies, maintenant ! Josh et DeeDee marchaient quelques mètres devant nous. Du coup, j'en ai profité pour chuchoter à Zach :

— Tu vas peut-être me prendre pour une folle…

— Ça, c'est déjà fait…

— T'as rien remarqué ? Quelqu'un qui nous suivrait ?

— Tu veux dire, à part tes copines ?

J'ai écarquillé les yeux.

— Oui, à part elles.

— Non, pourquoi ?

— Le type, là-bas, avec la veste bleue…

DeeDee nous a jeté un coup d'œil. Alors, j'ai décidé d'utiliser un langage codé.

— Tu ne crois pas qu'il doit avoir vraiment *chaud* avec ça sur le dos ?

Chez les espions, c'est un mot qui permet de dire à un complice que quelqu'un est sur le point d'être grillé.

Zach s'est retourné, faisant mine de s'intéresser au défilé de décapotables qui descendait la rue.

— Qu'est-ce qui te laisse penser ça ?

— Il y a dix minutes, il portait sa veste de l'autre côté. Elle est réversible, apparemment. Tu crois vraiment qu'il y a beaucoup de gens qui prennent le temps de retourner leur veste au beau milieu d'un concert ?

Il s'est arrêté pour examiner le reflet d'une vitrine.

— Regarde cet autre type, là-bas. Il ne manque jamais une occasion de se mettre de la moutarde partout. Je te parie tout ce que tu veux qu'il a une tache quelque part.

Et il a éclaté de rire.

Pourtant, je savais que je n'étais pas parano.

— De quoi vous parlez, tous les deux ? a demandé DeeDee.

— Oh, Cammie essaie de me convaincre que je connais ce type, avec la veste bleue. Mais je ne l'ai jamais vu de ma vie.

Ça aurait dû me rassurer. Pourtant, l'anneau à mon doigt a vibré légèrement. Zach mentait. Pas de doute possible.

CHAPITRE 25

On ne peut pas dire que je sois fière de mon attitude envers DeeDee. Mais, bon, M. Solomon lui-même affirme que les espions sont parfois obligés d'utiliser les autres pour la bonne cause. J'ai attrapé le bras de la petite amie de mon ex en criant :

— Il faut que j'aille aux toilettes !

— Je viens avec toi, a aussitôt déclaré Zach.

— Pas question, ai-je rétorqué avec un sourire vers DeeDee. C'est une affaire de filles.

On s'est éloignées, et elle a passé son bras sous le mien en gloussant. Ça l'amusait peut-être, mais moi, j'étais trop occupée à observer la foule pour penser à rigoler.

— On pourrait aller à la pharmacie, a-t-elle suggéré.

— Pourquoi ça ?

— Il y a des toilettes, là-bas.

— OK, alors allons à la pharmacie ! ai-je répété bien fort, dans l'espoir que mes amies m'entendent dans l'oreillette, à travers le brouhaha.

De toute évidence, quelque chose clochait. Non seulement Zach avait menti, mais en plus un homme étrange semblait traquer les élèves de la Gallagher Academy… Et le plus louche, dans tout ça, c'est que ça coïncidait quasiment avec l'arrivée des garçons de Blackthorne dans notre école.

— Tu sais, Cammie, je suis vraiment contente d'être tombée sur toi. Parce que je me demandais si c'était… sérieux… entre toi et Zach. Vous avez l'air bien ensemble.

Je n'ai pas pu m'empêcher de m'arrêter pour la dévisager. Est-ce que j'étais bien avec Zach ? Est-ce que je pourrais être heureuse avec lui ? Quelques minutes plus tôt, j'aurais peut-être pu envisager des réponses positives à ces questions. Mais il avait suffi d'un instant pour que tout change.

— Cammie ! a tout à coup appelé Bex en se précipitant vers moi. Oh… salut, a-t-elle ajouté à l'intention de DeeDee. Cammie, je viens de recevoir un appel. On doit rentrer tout de suite.

Derrière son air faussement détaché, la panique était perceptible.

— Désolée, ai-je lancé à DeeDee. Il faut que j'y aille.

— Bon, d'accord. (Elle affichait un petit sourire triste.) Cammie, j'espère vraiment que, toi et Zach, vous êtes bien ensemble.

Dans d'autres circonstances, j'aurais sans doute essayé de décrypter ce que DeeDee sous-entendait par là. Est-ce qu'elle cherchait à me dire que ça n'allait pas entre elle et Josh ? Que j'étais un obstacle à leur histoire ? Ou, simplement, qu'elle voulait que je sois aussi heureuse qu'elle ?

Si je n'avais pas été une apprentie espionne, j'aurais peut-être repassé dans ma tête les détails de cette journée. Le baiser que, Zach et moi, on avait failli s'échanger et la détresse sur le visage de Josh. Mais un futur agent secret n'a pas toujours le temps de se poser ce genre de questions.

— Deux types nous ont suivies, m'a annoncé Bex, qui marchait au pas de course à côté de moi.

Je me suis immobilisée pour jeter un œil derrière moi.

— J'ai dit, nous *ont suivies*. (Elle a secoué la tête d'un air réprobateur.) Je savais qu'on ne pouvait pas faire confiance à des mecs aussi maniaques.

Liz se trouvait juste derrière nous, déjà hors d'haleine.

— Où est Macey ? ai-je demandé.

— Elle est allée prévenir les autres filles du danger.

— Attends, Cammie ! a lancé Liz en haletant. Tu ne peux pas laisser tomber Zach comme ça. Il va s'inquiéter. Et peut-être même croire que tu t'es fait enlever. Ou pire, qu'il ne t'intéresse pas…

— Liz ! ai-je rétorqué. Le règlement exige qu'on rapporte immédiatement toute activité suspecte au service de sécurité de l'école ! Des gens nous surveillent au beau milieu de Roseville ! Zach en a reconnu un… (J'ai pris une grande inspiration.) En m'affirmant le contraire !

Je n'avais pas oublié l'expression de ma mère pendant l'Alerte Noire. Quelque chose ou quelqu'un avait déjà menacé l'Academy, ce semestre. Alors autant vous dire que je n'étais pas d'humeur à ménager la susceptibilité de Zach. Et la réaction de Mme Dabney, si elle apprenait que j'avais planté un garçon au beau milieu d'un rendez-vous, m'était bien égale ! Tout ce qui comptait, pour l'instant, c'était de comprendre pourquoi on nous avait espionnées.

Je n'ai pas ralenti mon allure une seule fois avant d'arriver au manoir. Ce n'est que passé les grilles que j'ai jeté un coup d'œil derrière moi. Toute la classe de seconde m'avait emboîté le pas.

— Vous aviez raison, a affirmé Courtney, le souffle court. Nous aussi, on s'est fait suivre.

Je n'avais donc pas rêvé !

Quand on a ouvert la porte d'entrée, un grand silence nous a accueillies.

— Maman ! ai-je appelé.

Pas de réponse.

Pendant que Courtney et Eva pénétraient dans le Grand Hall et que Tina allait inspecter la bibliothèque, je me suis dirigée vers la salle d'histoire.

— Maman ! ai-je à nouveau lancé.

Mais ma voix a été couverte presque aussitôt par des sirènes. La lumière s'est éteinte et une voix stridente a crié :

— Alerte Noire, Alerte Noire, Alerte Noire.

L'épée de Gillian a disparu dans son coffre-fort, des plaques en acier sont venues barricader les vitrines et des volets en métal ont recouvert les fenêtres.

— Cammie ! a appelé Bex au milieu du vacarme. Cammie, viens voir !

Elle m'a attrapée par la main pour m'entraîner vers le bureau désert de ma mère. On s'est aussitôt précipitées dans l'escalier pendant que le manoir tout entier se transformait en tombeau.

— Où sont passés les profs ? s'est étonnée Bex en jetant des regards de tous les côtés.

Tina et Eva nous ont rejointes en bas, suivies de Mick, Kim et Courtney, puis de presque toute la classe. Mais sans ramener aucun prof avec elles, ni même aucun garde. Il n'y avait qu'une seule explication possible. Tout le personnel devait être en train de vadrouiller dans les rues de Roseville. On était seules.

Enfin, pas tout à fait… Une silhouette chancelante s'est soudain avancée vers nous en se tenant au mur.

— M. Mosckowitz ? a crié Liz, qui s'est ruée vers lui en même temps que Bex.

Notre professeur s'est écroulé dans leurs bras. Un filet de sang coulait sur sa tempe.

— Il l'a pris… a-t-il murmuré, étendu par terre maintenant.

— Il a pris quoi ? ai-je demandé.

— Le CD… qui contient la liste… des anciens élèves.

Il a réussi à s'asseoir en s'accrochant à mes épaules.

— Il s'est enfui avec…

Puis M. Mosckowitz est tombé dans les vapes.

Ceux qui connaissent la vérité à propos de la Gallagher Academy pensent sans doute que les inventions nées dans notre laboratoire sont notre plus grand trésor. Pourtant, celui-ci ne se cache pas derrière nos murs. Il est disséminé aux quatre coins du monde. Sous des noms d'emprunt. En chair et en os. Le reste – les rapports de mission, les livres d'une valeur inestimable – est juste bon à finir en feu de joie.

Pendant qu'on installait M. Mosckowitz dans un fauteuil pour vérifier son pouls, je ne pouvais pas m'empêcher de penser à une chose terrible. Le destin de l'école reposait en ce moment sur nos épaules.

Tina, qui s'était emparée d'une lanterne, le long du mur, a demandé :

— Est-ce que quelqu'un va enfin m'expliquer ce qui se passe ?

— C'est au sujet des garçons… ai-je commencé. (Mes camarades étaient suspendues à mes lèvres.) Zach a essayé de me faire croire que personne ne nous suivait. Mais, moi, je suis certaine que ces gens nous ont surveillées pour s'assurer qu'on ne revenait pas ici trop tôt.

— Et M. Mosckowitz a parlé d'un voleur au masculin, a ajouté Bex.

— Comment on va lui mettre la main dessus ? a voulu savoir Mick.

Bonne question !

— Ça pourrait être plus facile qu'on ne le pense, a décrété Liz.

Elle a désigné l'espèce de montre à son poignet. De petites lumières clignotaient sur l'écran, dans la pénombre.

Notre excursion dans l'aile est n'avait pas été inutile… Et les émetteurs GPS miniatures implantés dans les chaussures de leurs occupants – et reliés à la montre de Liz – allaient bien nous servir.

— On peut les suivre à la trace ! a triomphé Bex.

On s'est toutes dirigées instinctivement vers la porte principale, avant de réaliser qu'une plaque en acier en condamnait l'accès. Le système de sécurité qui nous protégeait des intrus nous empêchait aussi de nous évader…

— On ne peut pas sortir de là ! a gémi Tina.

Nos espoirs étaient en train de s'envoler en même temps que l'un des points lumineux, qui s'éloignait de notre position. Mais c'était compter sans mon arme secrète.

— Si, on peut, ai-je annoncé.

On n'était pas aussi désemparées que ça, finalement. Pour la première fois de la soirée, mon rythme cardiaque s'est un peu calmé. J'ai pris une longue inspiration, puis j'ai observé les signaux lumineux sur la montre de Liz. Mick est allée chercher les instruments nécessaires à notre opération secrète et, cinq minutes plus tard, on s'engouffrait dans mon passage secret préféré.

Tandis que nos lampes torches balayaient le couloir devant nous, les hurlements des sirènes commençaient à s'atténuer. Je connaissais tellement bien cet endroit que j'aurais pu m'y aventurer les yeux fermés. Et en talons. Mais, cette fois, je ne devais pas m'attendre à un rencard au bout de la course…

À mi-chemin du parcours, j'ai jeté un œil à la montre que j'avais passée à mon poignet. La plupart des points lumineux étaient dispersés entre le manoir et la ville, c'est-à-dire là où les garçons étaient censés se trouver. Un seul bougeait à l'écart des autres – l'individu qu'on suivait.

Quand on a débouché à l'air libre, juste devant la route, on avait le choix entre deux directions. Pas le temps de tergiverser : la petite lumière s'éloignait toujours plus vite.

— Alors, qu'est-ce qu'on fait ? a demandé Liz.

— Anna, va chercher de l'aide, ai-je ordonné. Tu finiras bien par trouver un garde dans le coin.

Elle a filé aussitôt.

— Bex…

Des pneus ont soudain crissé, et les phares d'un véhicule nous ont éblouies. Une des camionnettes de l'école a surgi devant nous avant de piler. Ouf ! Des renforts, enfin !

C'était sans doute ma mère.

Ou M. Solomon.

La portière s'est ouverte, et j'ai entendu Macey crier :

— Montez !

— T'as volé une camionnette de l'école ! ai-je lancé, un peu abasourdie.

— Pas volé. Réquisitionné. Quand j'ai entendu les sirènes, en voulant entrer dans le manoir, j'ai décidé de *réquisitionner* cette camionnette. Eh oui ! Ce sont des choses que les rebelles dans mon genre apprennent avant même de fréquenter une école d'espionnes !

Pendant qu'on roulait à travers la nuit, enveloppées dans le brouillard, l'écran, à mon poignet, s'est mis à biper à intervalles réguliers. On approchait du but.

— Tourne ici, ai-je commandé à Macey.

Le véhicule s'est engagé dans un chemin plein de gravillon et de nids-de-poule.

— Éteins les phares.

La camionnette a progressé dans l'obscurité, tandis que le signal sonore s'intensifiait.

— C'est là, a annoncé Bex.

Juste à ce moment, les nuages se sont dispersés et la lune a éclairé un ensemble de grands bâtiments en tôle.

— On est où, là ? a demandé Macey.

Liz a expliqué :

— Dans un complexe industriel abandonné qui appartient à la Gallagher Academy.

— Il n'a pas l'air protégé.

— Regarde mieux, a dit une de nos camarades.

Des chaînes métalliques entouraient les clôtures. Et, ce que Macey ignorait, c'est que l'endroit était truffé de détecteurs de mouvements. En fait, cette ruine était une vraie forteresse. Celui qu'on suivait devait avoir une bonne raison pour atterrir ici.

— Alors, il faut mettre la main sur ce type et récupérer la liste ? a voulu s'assurer Macey.

— Oui, ai-je répondu.

— Comme la dernière fois… en quelque sorte… a remarqué Bex.

Effectivement, notre mission ressemblait pas mal à l'examen que M. Solomon nous avait imposé le semestre précédent, au même endroit. La seule différence, c'est que notre prof n'était pas là pour nous bombarder de conseils…

C'est sûr, on ne jouait plus, cette fois.

CHAPITRE 26

C'est dingue comme les automatismes peuvent revenir d'un seul coup ! Bex a dévissé en un éclair l'ampoule de plafond de la camionnette, pour qu'on ne nous repère pas quand on ouvrirait les portières. Puis Mick s'est chargée de désactiver les câbles entourant la barrière d'entrée, et on s'est glissées une à une à l'intérieur en se fondant dans les coins obscurs.

Quand vous évoluez dans le noir, le risque majeur, ce n'est pas qu'on vous voie, bien sûr, c'est qu'on vous entende. Et, malheureusement, Liz était d'humeur bavarde ce soir-là…

— Cammie, tu sais, Zach doit avoir une bonne explication. Je suis sûre qu'il n'est pas méchant.

Ces propos m'auraient peut-être réconfortée… si la cheville de mon amie n'avait pas failli frôler un fil presque invisible qui scintillait dans la lumière de la lune.

— Liz ! ai-je soufflé en l'écartant d'un geste du danger. Pourquoi tu ne nous attendrais pas ici ?

— Mais… Le travail en équipe est la clé de la réussite de toute opération secrète…

— Je sais, ai-je chuchoté. Mais il faut que l'une d'entre nous reste là pour faire le guet. (J'avais remarqué un vieux tonneau rempli d'eau de pluie où Liz pourrait facilement se cacher.) Tu veux bien t'en charger, dis ?

J'ai vu le soulagement se peindre sur son visage. Liz a toujours préféré l'observation à l'action.

Une fois qu'elle a eu disparu dans l'ombre, j'ai continué mon chemin en évitant les flaques, les chats errants et les morceaux de bois abandonnés.

J'ai fini par me retrouver au milieu d'un dédale de bâtiments, l'oreille aux aguets. Les questions se bousculaient dans ma tête. Où se cachaient nos ennemis ? Qui étaient-ils ? Et surtout, est-ce qu'on était assez préparées pour réussir notre mission ?

La liste des anciens élèves se trouvait sans doute quelque part dans ces constructions. Leurs vies étaient en jeu. Des années de travail pouvaient être réduites à néant. On ne suffirait peut-être pas à arrêter les traîtres. Mais il me restait un espoir : qu'Anna trouve de l'aide, et vite.

Le vent s'engouffrait en hurlant entre les bâtiments. J'ai baissé les yeux sur l'écran de ma montre pour vérifier la position du point lumineux. Mais, cette fois, il n'était pas seul. Un autre signal avait surgi, tout près.

J'ai voulu appeler à l'aide. Trop tard. Une main s'est plaquée contre ma bouche. Un bras m'a entouré la taille. Et, avant que j'aie pu me défendre, j'ai entendu le bruit caractéristique d'une poulie – comme on en utilise pour faire glisser les cordes de rappel – et j'ai senti mes pieds quitter le sol…

— Cammie, a murmuré une voix quand on a atterri sur le toit.

Un harnais se trouvait à mes pieds. Et, à mon poignet, la montre de Liz clignotait comme jamais.

Je me suis retournée aussitôt vers mon assaillant pour essayer de l'envoyer voler au-dessus de ma tête. Mais rien à faire. Il a stoppé mon élan d'un seul geste.

— C'est moi… Zach, a-t-il chuchoté, comme si cette nouvelle pouvait me rassurer.

Un projecteur a soudain balayé la zone. Zach et moi, on s'est aussitôt jetés à plat ventre sur le toit, tandis que la puissante lumière passait au-dessus de nous.

— Donne-moi une seule raison de ne pas te balancer dans le vide, ai-je dit.

Le problème, c'est que je n'en avais même pas envie. J'aurais voulu pouvoir faire confiance à Zach. Parce que lui, au moins, me connaissait sous mon vrai jour, et je savais qu'il m'appréciait comme j'étais.

— Alors, donne-moi une raison de…

Zach a roulé près de moi, et j'ai senti son bras entourer mes épaules et son corps se serrer contre le mien.

Juste à ce moment-là, des gardes ont surgi à l'endroit exact où je me tenais quelques secondes plus tôt.

On a attendu en silence qu'ils disparaissent, puis je me suis écartée de lui.

— Qu'est-ce qui se passe, Zach ?

Pour la première fois, je savais parfaitement ce que je voulais lui dire, et je n'avais pas peur d'aller droit au but.

— C'était qui, ce type, en ville ?

J'étais devenue folle furieuse, tout à coup. Je lui ai immobilisé le bras derrière le dos tout en le faisant rouler sur le ventre.

— Comment t'as trouvé cet endroit ? Qui sont ces gens, en bas, et comment comptent-ils utiliser la liste ?

— Tu sais que tu me fais un mal de chien, là ! Si tu veux tout savoir, je suis rentré au manoir juste après que tu m'as laissé en plan avec Jimmy…

— Avec Josh !

— Donc, je suis rentré après que tu m'as planté – merci, au fait, c'est très aimable de ta part. Et j'ai entendu les sirènes. Comme on avait découvert que vous aviez implanté des émetteurs dans nos semelles, on a modifié votre système pour pouvoir vous suivre à notre tour. Et nous voilà.

— Qui ça, nous ? ai-je demandé en remontant un peu plus son bras dans son dos.

— Aïe ! Non mais, sérieusement, tu me fais mal ! (J'ai continué de plus belle.) Grant, Jonas et quelques première. Ils sont allés retrouver tes amies.

J'ai jeté un œil autour de moi, prête à lancer un message d'alerte dans mon micro, mais cette seconde de distraction m'a été fatale. Zach a roulé dans ma direction et m'a immobilisée à mon tour.

— Cammie, regarde-moi.

Je me suis débattue comme je pouvais, mais il a resserré son étreinte.

— Gallagher Girl, a-t-il murmuré.

Il me regardait de la même façon que la fois où il avait failli m'embrasser.

— Tu m'as menti, ai-je commencé faiblement. Ne me dis pas le contraire. Tu connais le type qui nous a suivis en ville.

— C'est tout ce que tu me reproches ? (Il a étouffé un rire.) Alors, si je comprends bien, tu m'as laissé tomber comme une vieille chaussette et t'as organisé une opération commando parce que je t'ai menti à propos de cet homme ?

— Non, j'ai organisé cette intervention parce que quelqu'un a assommé M. Mosckowitz et volé la liste des anciens élèves !

Les yeux de Zach se sont remplis d'effroi, et il a relâché sa pression sur mon bras. Puis il a pris ma main pour la placer devant mon visage.

— Regarde ton anneau. Ou plutôt non. Regarde-moi. Dans les yeux. Tu vas voir que je ne mens pas.

Ses pupilles n'étaient pas dilatées, et je pouvais constater que son pouls battait à un rythme normal quand il a expliqué :

— J'avais vu ce type avec le docteur Steve une fois et, du coup, je n'ai pas voulu que tu le grilles. Je ne me doutais absolument pas qu'il représentait un danger. Je pensais qu'il s'entraînait à je ne sais quelle mission ou bien… qu'il nous surveillait juste pour s'assurer qu'on n'enfreignait pas le règlement. (Il s'est enfin écarté de moi.) Et puis, j'ai cru que ça ne valait pas le coup de te donner des explications devant…

— Josh et DeeDee.

— On n'est pas vos ennemis, tu sais.

J'aurais vraiment voulu le croire !

— Alors, qui c'est ?

Zach a pointé le doigt vers une silhouette, dans l'obscurité.

— Lui.

L'une des portes du bâtiment, en face de nous, venait de s'ouvrir. Quatre vigiles armés en ont surgi, puis j'ai entendu une voix lancer :

— Excellent !

Et j'ai reconnu le visage du docteur Steve.

— Caméléon, a soufflé Bex dans mon oreillette. T'as vu ça ? T'as vu qui vient de sortir de ce bâtiment, là-bas ? C'est…

— Le docteur Steve, ai-je achevé.

Eva a aussitôt crié dans mon oreillette :

— Caméléon ! Les garçons… Ils sont là !

— Je sais. Zach est avec moi.

— Quoi ? est intervenue Liz, visiblement sous le choc.

— Alors, ça veut dire que Tina n'a pas besoin de rester assise sur Grant ?

— Non, qu'elle le lâche. (Celle-ci a poussé un grognement mécontent.) Et qu'elle l'amène sur le toit du bâtiment situé au nord-ouest du vôtre. (J'ai tourné la tête vers Zach.) Je crois que lui et son copain ont des explications à nous fournir.

Mes camarades ont progressé vers nous en chuchotant dans leurs micros pour vérifier que la voie était libre.

— Qu'est-ce qui se passe, Cammie ? m'a demandé Bex dès qu'elle est arrivée. (Elle a jeté un œil à Zach.) Tu veux qu'on lui règle son compte ?

— Seulement s'il refuse de nous dire ce que cache l'Institut Blackthorne et pourquoi leur prof en veut à la Gallagher Academy.

— Qu'est-ce que tu racontes ? s'est défendu Grant. Vous savez très bien que notre lycée ne cache rien du tout…

Leurs chambres étaient bien trop propres pour ne pas être louches ; il n'y avait trace d'eux nulle part, dans aucune base de données. Bref, ils n'avaient rien à voir avec nous.

— Vous avez vos secrets, a finalement déclaré Zach. On a les nôtres.

— Qu'est-ce que… ? ai-je commencé.

— Vous êtes des Gallagher Girls, m'a coupée Zach tandis qu'une pluie fine se mettait à tomber.

Les gouttes roulaient sur sa figure sans le faire cligner des yeux. Il s'est approché d'un pas vers nous.

— Et nous, on est les héritiers pauvres dont personne ne parle.

Mais je savais qu'il ne nous disait pas tout. Pourquoi leurs chambres ressemblaient à des casernes ? Pourquoi leurs uniformes étaient tout neufs ?

— Et donc… ?

Le grincement de gonds rouillés m'a interrompue. Des faisceaux lumineux ont surgi dans la nuit tandis que deux hommes inspectaient les alentours. J'ai aussitôt oublié la question qui me brûlait les lèvres l'instant d'avant. Parce qu'il y avait plus urgent.

— On ne doit pas le laisser s'échapper. Pas avec la liste.

— On ne le laissera pas filer, a promis Zach.

J'avais presque l'impression de revivre notre examen d'opérations secrètes. À ce moment-là, il avait aussi été question de mettre la main sur un CD. Mais, cette fois, l'enjeu était bien plus important.

Zach est allé installer un harnais sur le câble qui pendait entre deux bâtiments. Puis il m'a prise par la main.

— Il faut y aller, maintenant, Cammie.

On aurait dit un gentleman invitant une jeune fille à danser. Mme Dabney aurait été fière de lui !

— Alors, tu me fais confiance ?

CHAPITRE 27

Zach et moi, on a atterri sur une étendue d'herbe entre deux entrepôts. Grâce aux nuages qui obscurcissaient le ciel, on a pu ramper discrètement dans la pénombre.

— Qu'est-ce que tu fais ? a-t-il sifflé entre ses dents.

Trop tard. J'étais déjà en train de tambouriner à la porte du bâtiment qui me séparait du docteur Steve.

— Est-ce que quelqu'un peut venir m'aider ? ai-je crié d'une voix aussi masculine que possible.

Zach me regardait comme si j'étais devenue folle. Quand la porte s'est ouverte, j'ai attrapé le type qui me faisait face par le col. Il n'a pas eu le temps de réaliser ce qui lui arrivait. Je l'ai assommé d'un coup de poing et lui ai collé un patch bourré de tranquillisants sur le front, pour être sûre qu'il ne retrouve pas ses esprits de sitôt.

— Bien joué, a dit Zach. T'as appris ça en cours d'autodéfense ?

— Non, en regardant *Buffy contre les vampires*.

J'ai observé le visage de l'homme qui gisait à terre. La dernière fois que je l'avais vu, il était adossé contre une Cadillac sur la place de Roseville. Combien d'agents le docteur Steve avait-il chargés de nous filer ce jour-là ? Je préférais ne pas y penser… J'ai traîné mon assaillant dans les herbes hautes, avant d'aider Zach à le fouiller.

— Une oreillette, ai-je annoncé en lui tendant ma trouvaille.

Pendant qu'il la plaçait dans son oreille, j'ai jeté un œil à travers les vitres crasseuses.

Le docteur Steve se promenait dans une pièce, au milieu de montagnes de caisses.

— Les filles, ai-je murmuré dans mon micro. J'ai repéré le Sujet.

Au moins trois hommes armés l'entouraient. Il n'arrêtait pas de porter la main à sa poche, comme pour s'assurer qu'un pickpocket ne l'avait pas dévalisé.

— Mais la voie n'est pas libre. Alors, gardez votre position jusqu'à nouvel ordre.

Zach s'est approché de moi en chuchotant :

— Ils sont au moins quinze.

— Qu'est-ce que t'as entendu ?

Il m'a fait signe de me taire pour suivre la conversation de l'ennemi, les sourcils froncés.

— Qu'est-ce qui se passe, Zach ?

— Écoute-moi bien, Cammie. Je ne sais pas où le docteur Steve a l'intention d'aller, ni comment il compte utiliser cette liste, mais…

Son regard s'est détourné du mien pour fixer quelque chose dans le ciel.

— … je crois savoir par quel moyen il va s'échapper.

Il m'a fait pivoter vers l'ouest, où un petit point lumineux, à l'horizon, clignotait en se rapprochant.

— Les filles, ai-je murmuré dans mon oreillette, on va devoir changer nos plans.

L'avantage, c'est qu'on était plus nombreux qu'eux. L'avion était tout près, maintenant. Tandis que des silhouettes sortaient du bâtiment, il a commencé à baisser son train d'atterrissage. On n'avait vraiment plus le temps de réfléchir à une stratégie d'attaque.

Bex a sauté du toit, droit sur la tête d'un garde, qui s'est aussitôt écroulé, puis elle en a envoyé valser un autre d'une seule prise.

— Ils sont là ! a eu le temps de crier l'homme avant de s'affaler par terre.

Trop tard. Le bourdonnement des cordes de rappel courant sur les poulies a rempli l'air. On aurait dit qu'il pleuvait des filles. Les poings et les pieds volaient tout autour de moi. Zach, qui était toujours en possession de l'oreillette du vigile, a lancé à Grant et à Bex :

— Trois hommes arrivent à votre droite. Il faut les intercepter !

Ils ont aussitôt filé remplir leur mission.

Liz avait quant à elle trouvé refuge dans la cabine d'un chariot élévateur.

— Cammie, j'ai besoin d'une arme !

J'ai pris le temps d'assommer mon assaillant et de lui coller un patch sur le front avant de répliquer :

— T'en as une sous les fesses ! Le chariot élévateur…

— Ah oui, tiens, c'est vrai…

Elle a cherché les clés de contact. Mais elle a rapidement abandonné, parce que, la minute suivante, je l'ai vue sauter sur les épaules d'un type qui pourchassait Eva. Celui-ci s'est retourné, l'air de ne pas comprendre ce qui lui arrivait, et Liz s'est agrippée de plus belle à lui.

Pendant ce temps, l'avion était en train d'atterrir sur la piste.

À travers le rideau de pluie, j'ai reconnu l'homme à la veste bleue, à quelques mètres de moi. Je me suis dirigée vers lui, avec l'intention de lui régler personnellement son compte. Mais le type auquel Liz était cramponnée a fini par se débarrasser d'elle en l'envoyant valser… droit sur ma cible – qui s'est retrouvée le nez par terre.

Les hommes de main du docteur Steve s'écroulaient un à un autour de lui. À ma droite, un grand costaud courait après Liz, et Zach, en voulant lui barrer la route, a pris son poing dans la figure. Il a vacillé en arrière avant de croiser mon regard. Une main sur son œil, il a agité l'autre vers le docteur Steve.

— Empêche-le de s'échapper ! a-t-il crié.

L'avion s'était immobilisé au bout de la piste, son hélice tournant toujours, pendant que le docteur Steve pataugeait dans les flaques et l'herbe trempée pour atteindre au plus vite l'appareil.

Tant pis pour mes pieds en compote ! Tout ce qui comptait, c'était de le rattraper avant qu'il monte dans l'avion. Quand il m'a vue fondre sur lui, il n'a pas eu l'air de trouver la chose « excellente », pour une fois…

— Je crois, docteur, que vous avez en votre possession un objet qui nous appartient, ai-je déclaré d'un ton calme et ferme.

Il faut dire que la vue de Bex en train de ramper dans les herbes hautes, derrière mon interlocuteur, avait de quoi me rassurer.

— Vous ne partirez pas d'ici sans nous avoir rendu le CD.

— Oh… a commencé le docteur Steve pendant que l'escalier de l'appareil s'abaissait. C'est-à-dire que vous êtes un peu…

— En retard !

Quelqu'un d'autre que lui avait prononcé ces deux derniers mots. Parce que, quand on a le bras de Rebecca Baxter serré autour du cou, c'est déjà assez difficile de respirer.

Le docteur Steve s'est effondré par terre, Bex toujours agrippée à lui, et le CD s'est échappé de sa poche. Je me suis aussitôt jetée dessus.

— Qu'est-ce que je vous avais dit ? Vous n'irez nulle part avec cet objet. Ni sans, d'ailleurs.

— Exact, mademoiselle Morgan, il n'ira nulle part, a lancé une voix.

M. Solomon était accompagné d'une unité de forces spéciales. Bizarrement, il ne m'a pas demandé de m'éloigner. Pourtant, j'étais sûre qu'il allait menotter le docteur Steve, ou au moins récupérer le CD pour le mettre en sécurité. Mais, au lieu de ça, il est sorti de l'avion en demandant :

— Ça va, docteur Sanders ?

— Quoi ? C'est vous qui avez manigancé tout ça ? ai-je lancé.

— Oui, enfin, je n'étais pas tout seul… a reconnu M. Solomon.

Ma mère est apparue à son tour.

Je les ai dévisagés, complètement ahurie, pendant que ma mère nous lançait d'un air joyeux :

— Bien joué, tout le monde !

Le docteur Steve lui-même, puisant dans ses dernières forces, a grimacé un semblant de sourire.

— Rebecca ? a repris ma mère.

Bex a desserré un peu l'étau autour du cou de sa victime, sans pour autant accepter de le lâcher complètement.

M. Solomon a consulté sa montre.

— Cinquante-deux minutes. Pas mal. Qu'est-ce que vous en pensez, Harvey ?

M. Mosckowitz a surgi à son tour de l'avion. Je n'en croyais pas mes yeux. Le professeur le moins apte aux opérations secrètes de toute la Gallagher Academy était là, tout sourire, dansant sur la pointe des pieds.

— Alors, les filles, comment vous m'avez trouvé ?

La pluie s'était un peu calmée, de même que les battements de mon cœur.

— C'était… C'était un test, c'est ça ?

— Mademoiselle Morgan, notre travail ne consiste pas à vous préparer à de simples tests, a corrigé M. Solomon. Il est de vous confronter à la vraie vie.

Des projecteurs se sont allumés, et le ciel s'est éclairci peu à peu. Un arc-en-ciel est même apparu au-dessus des bâtiments abandonnés. Au propre comme au figuré, tout devenait lumineux.

— Alors, vous vouliez voir de quoi on était capables pour de vrai ? a demandé Tina.

— Non, nous voulions savoir si vous étiez capables de travailler ensemble, a répliqué ma mère, le regard posé sur les garçons.

Et, pendant que l'avion se mettait en marche sur la piste, nos professeurs se sont éloignés vers les camionnettes garées non loin. J'aurais dû être contente. Les secrets de l'Academy étaient bien gardés, et j'avais réussi haut la main mon examen d'opérations secrètes.

— Ah, au fait, a dit M. Solomon. Bienvenue au sous-sol numéro 2.

CHAPITRE 28

Il y a des épreuves pour lesquelles ça ne sert à rien de réviser. Je veux parler des questions qu'on se pose tous les jours, des problèmes qu'on doit résoudre quotidiennement. Et cette nuit-là, étendue dans mon lit, j'avais l'impression de ne pas en avoir fini avec l'examen qu'on venait de passer. Parce que je n'étais pas sûre de l'avoir entièrement réussi.

Le lendemain matin, alors que j'entrais dans la salle d'histoire, ma mère m'a appelée de son bureau avant même de m'avoir vue arriver :

— Entre, ma chérie.

Son sixième sens ne finira jamais de m'étonner…

On n'aurait jamais cru qu'elle avait passé une grande partie de la nuit dehors. Elle n'avait même pas de cernes sous les yeux.

— Tu m'en veux ? a-t-elle demandé, assise près de la fenêtre, un dossier sur les genoux.

— Non.

Elle m'a fait une place à côté d'elle.

— Qu'est-ce qui est arrivé à papa ? ai-je demandé aussitôt.

Ma mère a cessé de me caresser les cheveux. Le document sur ses genoux a glissé d'un centimètre ou deux… Je venais de briser une des règles tacites de la Gallagher Academy : j'avais demandé des détails sur la mort de mon père.

— Tu le sais très bien, ma chérie.

Justement non, je n'en savais rien. Et c'était bien ça, le problème.

Ma mère s'était raidie sur son siège. Pourtant, j'avais besoin qu'elle me réponde. J'ai murmuré ce que j'avais entendu de la bouche de Zach :

— Quelqu'un le sait.

Des rires ont résonné dans la salle d'histoire. Le manoir était en train de se réveiller.

J'ai continué sur ma lancée :

— Pourquoi cette année ? Pourquoi maintenant ?

— Ça aussi, tu le sais.

Sans doute, puisque j'ai répliqué :

— Josh ?

— Cammie, ce qui s'est passé le semestre dernier entre toi et ce garçon a effrayé beaucoup de gens, ici. Et ça nous a amenés à reconsidérer un certain nombre d'éléments.

— Tu veux parler des mesures de sécurité ? Parce que, si c'est ça, permets-moi de te dire que vous avez oublié un ou deux endroits…

— Non, ma chérie, je veux parler de quelque chose de bien plus important. On dépense des fortunes pour faire de vous les meilleures espionnes du monde. Et pourtant, à force de ne vivre qu'entre vous, vous ne connaissez pas grand-chose aux garçons. Le conseil d'administration et moi, on a pensé qu'il était temps que vous appreniez à communiquer avec eux. Un jour, vous serez amenés à travailler ensemble, et il faudra leur faire confiance.

La confiance en l'autre… C'est vital pour un espion, mais personne, ici, ne nous en avait vraiment parlé. Quand faut-il baisser votre garde ? À qui pouvez-vous vous fier ?

Ma mère m'a regardée comme si elle lisait en moi.

— Si tu te dépêches, tu peux encore le rattraper.

— Qui ça ?

— Zach. La direction de Blackthorne souhaite que les garçons passent leurs examens de fin d'année avec le reste de leurs camarades.

Je devais avoir l'air ahurie, parce qu'elle a ajouté :

— Ils sont en train de partir.

— Alors, ça y est, vous avez déjà fait vos valises ? ai-je demandé à Zach après l'avoir rejoint dans le hall d'entrée.

— Eh oui !

Un courant d'air frais a soufflé par la porte ouverte. Le petit déjeuner nous attendait. Ainsi que les leçons. Et les examens. Mais c'était comme si le temps s'était arrêté, tout à coup. Nos invités étaient sur le point de nous quitter, et la vie à la Gallagher Academy allait reprendre son cours habituel.

J'ai désigné le bleu sur sa figure.

— Ça doit te faire mal.

— Non. Il…

— … frappe comme une fille ? ai-je plaisanté.

Mais Zach n'a pas ri. Il n'a même pas souri.

— Pas comme les filles que je connais, en tout cas.

Où était passé le Zach moqueur que j'avais rencontré à Washington ? J'avais l'impression d'avoir affaire à quelqu'un d'autre, tout à coup… Il n'avait pas perdu son assurance ni sa dureté, pourtant. Mais, finalement, il y avait un peu du chevalier servant en lui. Ce n'était pas sa faute si son armure était un peu terne…

Le semestre était fini, et il ne fallait pas que je pense à ce qui aurait pu se passer dans d'autres circonstances. Est-ce que j'aurais réussi à lui faire confiance ? Une foule de questions se pressait toujours dans ma tête.

Je me suis retournée lentement, prête à retrouver mes amies et à tourner la page.

— Oh, et… Cammie !

J'ai pivoté sur mes talons. Il allait sans doute me sortir une de ses moqueries habituelles. Mais non. Il a fait quelque chose que je n'aurais jamais imaginé. Il a passé ses bras autour de ma taille, et j'ai senti le monde basculer autour de moi tandis qu'il pressait ses lèvres contre les miennes…

— Je finis toujours ce que j'ai commencé, a-t-il conclu avec un sourire.

Il s'est avancé vers la porte ouverte et le soleil printanier qui brillait dans le ciel.

— Alors, c'est un baiser d'adieu ? ai-je demandé.

— Arrête, Gallagher Girl. (Il m'a adressé un clin d'œil.) Il y a des chances qu'on se revoie, non ?

Et il s'est dirigé vers la camionnette sans se retourner. Du moins, c'est ce qu'il m'a semblé. Parce que je ne suis pas restée longtemps à le regarder.

Ça ne servait à rien de repenser à ce qui s'était passé. À toutes les règles que j'avais enfreintes. Aux questions qui m'avaient paru si importantes et qui finalement étaient en train de disparaître, comme effacées par une pluie battante.

Mon univers est truffé de secrets qui, tels des dominos, sont posés les uns sur les autres. En septembre dernier, la pyramide avait failli s'écrouler, tout ça parce que j'avais dit bonjour à un garçon. Je venais de faire mes adieux à un autre. Mais celui-là m'avait livré une petite partie de lui-même.

Et ça m'avait libérée.

L'été sera bientôt là. On va enfin pouvoir se reposer… et patienter. Et peu importe ce qui m'attend l'année prochaine, parce que, de toute façon, je sais que je suis prête.

Composition Nord Compo

Impression réalisée par
CPI BUSSIÈRE
à Saint-Amand-Montrond (Cher)
en janvier 2015

« Pour l'éditeur, le principe est d'utiliser des papiers composés de fibres naturelles, renouvelables, recyclables et fabriquées à partir de bois issus de forêts qui adoptent un système d'aménagement durable. En outre, l'éditeur attend de ses fournisseurs de papier qu'ils s'inscrivent dans une démarche de certification environnementale reconnue. »

PAPIER À BASE DE FIBRES CERTIFIÉES

hachette s'engage pour l'environnement en réduisant l'empreinte carbone de ses livres. Celle de cet exemplaire est de : 600 g éq. CO_2
Rendez-vous sur www.hachette-durable.fr

Dépôt légal 1re publication janvier 2014

Imprimé en France
N° d'impression : 2013862
20.4344.6 – ISBN 978-2-01-204344-2
Édition 02 – janvier 2015

Loi n° 49-956 du 16 juillet 1949
sur les publications destinées à la jeunesse.